伦文叙密码

欧锦强 著

广东人民出版社

·广州·

图书在版编目（CIP）数据

伦文叙密码／欧锦强著. —广州：广东人民出版社，2023.12
ISBN 978-7-218-17193-7

Ⅰ. ①伦… Ⅱ. ①欧… Ⅲ. ①长篇小说—中国—当代 Ⅳ. ①I247.5

中国国家版本馆CIP数据核字（2023）第247898号

LUN WENXU MIMA
伦文叙密码

欧锦强 著

出 版 人：肖风华

责任编辑：吴嘉文
装帧设计：陈宝玉
责任技编：吴彦斌

统 筹：广东人民出版社中山出版有限公司
执 行：王 忠
地 址：广东省中山市中山五路1号中山日报社13楼（邮政编码：528403）
电 话：（0760）89882926 （0760）89882925

出版发行：广东人民出版社
地 址：广东省广州市越秀区大沙头四马路10号（邮政编码：510199）
电 话：（020）85716809（总编室）
传 真：（020）83289585
网 址：http://www.gdpph.com
印 刷：佛山市兆荣印刷有限公司
开 本：787mm×1092mm 1/32
印 张：5.25 字 数：108千
版 次：2023年12月第1版
印 次：2023年12月第1次印刷
定 价：68.00元

如发现印装质量问题，影响阅读，请与出版社（0760-89882925）联系调换。
售书热线：（0760）88367862 邮购：（0760）89882925

目 录

扫码查看

☑ 配套插图
☑ 科举趣事
☑ 状元趣话
☑ 科举文化

一、未了情缘（序）

伦文叙的故事从小就萦绕在我的脑海里，已经融入我的血液中。我原来是一名公务员，现在已经退休。时间流淌，不知不觉间，我关注和研究伦文叙已经50多年。别人也许有"梦笔生花"的本事，我却没有，更何况要写一个500多年前的人物！"生花"的事情，始终在我这个瓷实人的"梦笔"中没有出现过。在梦想中我借助伦文叙浪漫诗人气质，写文章时如行云流水，将比喻用得更为适当，让联想披上飞翔的翅膀，将描绘写得活灵活现；在现实中我只能尽力而为！但是如果不将伦文叙故事写出来，我将觉也睡不好，饭也吃不香。

从五六岁开始，我就从我的外祖父口中听伦文叙的故事。那是一段令人回味无穷的讲述。我的外祖父，我姑且大胆地称他为华胜先生吧。从母亲那里我得知，他好像没有读过什么书，因为家贫，只读了两年私塾，就是被称为"卜卜斋"的旧学堂。然而，他讲述的伦文叙故事，成了我最爱听的励志故事，没有之一。

我在佛山农机学校完成机电中专课程，毕业后找到梦寐以求的工作，在佛山市政府地方志编纂委员会办公室从事地情研究工作。我仅有中专学历，凭一篇论述伦文叙的文章迈进佛山市大福路16号佛山市政府的门槛，从此与伦文叙结下一世之缘。我一边工作，一边继续参加自学考试提高学历。我报读的是中山大学汉语言文学的专科与本科课程。专科课程两年多一点儿便顺利完成了，但本科考试却遇到了阻碍——我的英语考了三四次都不及格。后来我一气之下，停止了继续考试。直到我退休前两年，单位组织部门要清查学历档案，特别是清查假文凭假学历，我要去相关的地方查找学籍资料。我去了中山市的自考办。当时中山自考办的负责人劝我："欧主任，我看过你的资料，只差两科。按照你的年龄，可以不考英语了，换考其他两科，就可以通过考试并取得本科文凭。"我太太跟我一起去的，她比我还积极，就替我报了名。结果，两科我都过关了，好像一科是60分，一科是64分。我是2016年通过这两门考试的，2017年拿到本科毕业证书，2020年我就退休了。一个本科考试，我用了三十多年，其艰辛可想而知。不过自学考试也充满了弹性，我这一弹就弹了三十多年！

由于参加专科和本科自学考试，我曾赴中山大学上过汉语言文学专业教授的短期培训课；后来参加在职培训和继续教育，我又曾赴中国人民大学、浙江大学、上海交通大学上过相关教授的短期培训课。但是，我永远也找不到哪个教授像华胜先生那样，将一个五百多年前的古人讲述得如此令我陶醉。

不是华胜先生的讲述有多好，而是伦文叙就像我们家中一个前辈，他在困境中刻苦学习、自学成才的故事深深吸引了我。因为每一个人，无论是接受大学教育，读至博士，还是自学成才，将才华贡献社会，他都会面临一个困境、一个瓶颈，就是如何提升自己、突破自己。圣人说，你能战胜自己，你将天下无敌。我想伦文叙就是一个能够战胜自己的人。

后来我也从母亲口中听到关于伦文叙的故事。她的讲述，就没有外公的韵味。记得早年我在家里做手工，编织葵篷。母亲就在旁边，那边还有弟弟与妹妹。中午外公去古镇五星茶居饮茶后，就来到我家，为我们讲述伦文叙的故事。他讲述的故事经久耐听。

后来，我到了佛山农机学校读中专，专业是机电。我的实习工厂是佛山地区汽车大修厂。那个工厂，现在不知道还有没有。从1995年开始，我就调回中山，再也没有到过那个厂子。记得当时我问我的师父霍师傅黎冲村在哪里。他说，就在我们工厂的背后，也是澜石卷闸厂背后。我就去了，对伦文叙故地做了一番实地调研。我的调研纯粹出自内心的喜欢，出自对外公讲述故事的追寻。没有任何老师给我布置作业，我却交出一份漂亮的作业。后来佛山市地方志办公室来学校选人。学校教导主任麦秀芳老师推荐了我，因为我有沉甸甸的伦文叙研究，别人都没有。

为了告慰外公在天之灵，今天我把伦文叙的故事写出来了，不管它好不好；也为了感谢麦秀芳主任，让我找到研究的平台与方向，虽然也走了一些弯路。我这一辈子，都在机关工作——虽偶尔有外派任务，但工作持久，特别是工作之初和工作结束前这两段时间，都是在地方志办公室、党史研究室、社科联等研究编辑部门工作。

今天是2022年4月18日，清明节已经过去若干天。气温是19至23摄氏度，有雨。凌晨三点钟我就起床了，没有用闹钟，也不用别人叫醒，好像只有伦文叙在催促。起床之后，我赶紧披上一件军装迷彩服，以抵御早上的寒凉。这里，我将《佛山市志》中《大事记》里第25至27页的内容摘抄如下：

（明）弘治十二年（1499），伦文叙在京会试，荣登榜首。接着在殿试中又中状元，被授予翰林修撰。

（明）正德十一年（1516），伦以谅（伦文叙长子）乡试获得第一名（解元）。

（明）正德十二年（1517），伦以训（伦文叙次子）会试获得第一名；殿试获得第二名，被授职翰林编修。

（明）正德十五年（1520），伦以谅（伦文叙长子）考中进士，被选为翰林庶吉士。

（明）嘉靖十七年（1538），伦以诜（伦文叙第三子）考中进士，被选为礼部仪制司主事，再转任为南京兵部武选司郎中。

宋朝的时候，有一个人叫窦燕山，年轻的时候不成器。后来有一天晚上，他梦见死去的父亲规劝他要做好事。醒来之后，他痛下决心做善事。后来有了五个儿子，他经常教育他们做人的道理。五个儿子长大后，都任重要官职，为百姓做了很多好事，受到后人称赞。现在许多孩子称他们的父亲为"老窦"，典故就出自窦燕山这位出色的父亲。我没有将伦文叙与窦燕山相比较的意思，但是伦文叙的故事，就像彩云，也像密码，将我团团围住。我决定，退休后再花费一些时间，拨开云雾，尽我绵薄之力，将五百年前就留下的这些密码解开。至少，以我的能力，解开多少算多少，也算是圆了我与伦文叙的未了之缘。

二、落霞孤鹜

伦文叙的故事就从1473年说起吧。

1473年是在明朝时期。明朝共有16位皇帝，其中第8位皇帝是明宪宗，成化皇帝。他的大名叫朱见深，他是1465—1487年在位。按推算，1473年就是明宪宗成化九年。

1473年的一天，他遇到一件非常痛苦的事情，父亲告诉他，后天就要去耕地卖菜了。也就是说，明天他可以上学，后天就不得不辍学了。

就学习成绩而言，伦文叙绝对是优秀的，教馆里没有人能把书念得比他好。但是家里实在太穷，父母没有钱支持他再上教馆念书了。教馆先生也没有办法，虽然找到一个好苗子不容易，教育成才更困难。但是，孩子的父亲伦八今天已经来了一次教馆，说从后天开始，伦文叙就要跟他去一个叫军营地的地方种菜，到街市卖菜，现在家里已经穷得没米下锅，实在支付不起念书的学费了。

六七岁的时候，伦文叙家住在广州府南海县黎冲村。这是他的乡下。父亲伦显之，因为在家族里排行第八，大家习惯称他为伦八。母亲伦梁氏，因为嫁给伦八，人称八婶。不知道爷爷叫什么名字，只知道他原是一位落第秀才，在村中做过教馆先生。奶奶叫什么名字，就更不清楚了。只知道家里一穷二白，伦八只念了两年私塾，就去务农做工了。

伦八只读了两年私塾，伦文叙眼看又要重蹈父亲的覆辙。今天一课是伦文叙的最后一课。教馆布先生心里很悲伤，但还是做出镇静的样子。这又不是第一次了，村里经常有学生因为家穷上不了学，他也没有办法。但是伦文叙这个孩子辍学之事，令他太难受，心里阵阵作痛。伦文叙真是个读书的料啊！他得想个办法，帮助这位天才少年克服困难。这样的天才学生，他做教馆先生的，八辈子也找不到，他认为不能袖手旁观、无所作为，得想点办法，要上点手段。

趁着伦文叙这个孩子在上最后一课，布先生不再讲"四书五经"，他放下经书，教学生念起了唐朝才子王勃的《滕王阁序》。他认为这种文艺性的东西可以开启思路，让学生脑袋开窍。他就精选了其中一段教孩子们念：

云销雨霁，彩彻区明。落霞与孤鹜齐飞，秋水共长天一色。渔舟唱晚，响穷彭蠡之滨；雁阵惊寒，声断衡阳之浦。

这段文字写得实在太美了，不单是美，还灵气飞升。布先生念一遍，让伦文叙领头又念了一遍，再让全体孩子齐声念一遍。只念了第一遍，伦文叙便全部记住了。至于什么意思，虽然布先生也没有讲得太明白，但伦文叙已经领会了布先生的用意，他是在用心鼓励自己要克服暂时的困难，发愤读书。布先生是一个落第的秀才，一心想考取功名，在朝廷中谋取一官半职，但是时运不济，布先生只能屈居乡间。对待伦文叙，布先生是用心尽力去教。然后布先生耐心地将这一段向同学们解释一番：

> 落霞者，黄昏之太阳也，无限美好。孤鹜者，湖边之野鸭也，见人惊走。王勃者，路过之才子也，出口成章。起飞者，成功的开始也。齐飞者，一路通则路路通也。

散学后，学生都走了，布先生留下伦文叙。见到伦文叙泪流满脸，先生对伦文叙说："你不要哭了，哭也没有用！在教馆念不了书，你可以在家里念；白天念不了，你就晚上念。如果你真的喜欢读书，它会如影随形。只要有恒心，铁杵磨成针。迎难而上，方可成功；苦尽甘来，品味更甜。如果在念书的时候遇到什么困难，你随时可以来教馆找我，我会尽我之力帮助你将书念好。我能够做的，唯此而已。"

小小的伦文叙眼眶里噙满泪水，他强忍着不让泪水流出来。他已下定决心，按照教馆先生的教导，要把书念下去，念好。

明代的黎冲村，四围都是水。准确地说，是村的四周围都被各种大小河流包围。它有小河涌（冲），村名黎冲，就是村中的小河流。小河流通向外面，有大冲。大冲之外，还有大海，东平海。当地人称大一点儿的河流为海。珠江水域的西江，从广西梧州、广东肇庆流下来，经过这里，转了一个大弯。河面浩浩荡荡，当地人都称它为海。

海对面有两块飞地，属于黎冲田财主的地，被伦八租种着。一块在东营地，有五六亩；一块在西河口，有两三亩。两块地都要过海，也就是都要撑渡船才能去得了。

眼下两块地都种上了甘蔗，长到大半个成人高。东营甘蔗地中间种的黄豆该收成了，伦八夫妇两人要过去收豆子。西河口的那块地里的杂草太多了，需要除草。除草的工作就交给伦文叙，因为前几天八婶带着伦文叙去做过一次，还没有做完。这天伦文叙得自己去将它完成。

吃完午饭，伦文叙就去西河口。去西河口须乘坐渡船，撑船的跟伦八是认识的，伦八曾经在这渡船上做过营生，所以载伦文叙过去，船公就没有收小文叙的钱。小文叙拿着除草工具小铁锹出发了。

南国的中午太阳毒辣，照一会儿人就汗流浃背。伦文叙戴着草帽，穿着长衣服。甘蔗地里甘蔗叶子扎人，有时将手背割出一条条血印子，穿长袖衣服才能抵挡得住。

天气实在太热了，伦文叙就在地边一棵榕树下乘凉。清风不来，树蝉却在树上"知知"地叫。伦文叙在地里除草，口渴了，就跑到小河边，拨开水面，将头伸进水里，咕噜咕噜喝个饱。因为担心水里有水蛭，他不时停一停，留意看看周围的情况。只看到清清河边的绿绿水草，就放心大喝了一场。

到了下午四五点，天气慢慢变得清凉起来，清风徐徐而来。又过了大半个时辰，伦文叙已将工作完成一大半，他越干越起劲。偶尔看看天空，满布着鱼鳞云。先是淡淡的、白白的，然后红起来，之后漫天的红鳞煞是好看。伦文叙见到前面不远处有一只白鹭，于是赶过去。那白鹭飞走了。他有点失望，还是继续向前。又有一只白鹭从草丛里飞起来。他抬头望向天空，转头见到刚才喝水的地方，竟然有两只小水鸭。它们见到有人，便一头又钻进水里。斜阳之下，阵风吹过，狼尾草动，雀鸟惊飞，伦文叙在泥土中捡起一块瓦片，往小河中打将过去。薄薄的瓦片在水面上跳了十几下，泛起一连串涟漪。他的心中不禁诵念起布先生教的诗句：

> 云销雨霁，彩彻区明。落霞与孤鹜齐飞，秋水共长天一色。渔舟唱晚……

伦文叙心想，能够与同学们一起在教馆上课，是多么幸福的事儿。现在书念不了，倒也可以在这里欣赏王勃诗中的意境，真切感觉到古人的大气。古时那个人，怎么可以想出我眼中所见的美妙之景？落霞与水鸭竟然可以一齐起飞？那落霞竟然就像空中的彩练，那水鸭竟然就像梦中的精灵！

伦文叙忘记了劳累，也忘记了时间，只记得世间有千般的美好，诗词中有万般的情怀。落霞孤鹜、秋水长天，竟然让他感到自己好像飞升天外，忘记了刚才还是口渴难忍，刚才还是热浪翻滚。他在欣赏那美景，不知不觉间加快了工作的进度，进入全然忘记外界的精神状态之中，觉得世界上只有落霞、只有孤鹜、只有清风，感受到一种舒服无比的气场。

等伦文叙沉浸在傍晚无比舒服的清爽天气时，天渐渐黑了，他突然发现四周已经没有人。天越来越黑，等他收拾东西回家，已经找不到渡船了。他在码头上的一棵榕树下放下小铁锹，解开衣服上的纽扣，想找人说话，但他找不到。这时，他想起父母，想起家，就放声大哭起来。

这个时候，黑暗中又陆续走出了几个农人，带头的一位老伯问："细佬哥，你为什么一个人在这里？"伦文叙答："傍晚清凉，等我收工时四周已黑暗，我找不到船回家，所以就……"老伯说："不用怕，我们有船。"正说着，那边几个人已将放在甘蔗地里的一只小艇推出来。他们四五个人，加上小文叙，就从西河口过渡回到黎冲村。

刚上岸，还没有来得及答谢老伯，小文叙就听到父母的声音。原来伦八拿着一支船桨，八婶也拿着一支船桨，他们准备在海边找船扒将过去，接回伦文叙。伦八这边谢过老伯，那边摸摸伦文叙的头，什么也没有说，就将他带回了家。

扫码查看
☑ 配套插图
☑ 科举趣事
☑ 状元趣话
☑ 科举文化

三、祖庙卖菜

　　1473年冬天的一天，天气寒冷。这天，伦文叙穿着单薄的短衣，跟随伦八到佛山祖庙附近的猪仔街卖菜。从黎冲村到猪仔街要走十多里的路。步行挑担要走上几个时辰，所以天未亮，八婶就将昨夜煲好的稀粥重新煲热，好让爷儿俩吃饱后去卖菜。

　　"你也一起吃点？"伦八对八婶说。

　　"我不饿。你们要赶路，吃饱！"八婶说。

　　"我吃完了，还有吗？"随着年纪的增长，伦文叙的食量越来越大，他倒想再多吃点。

　　"没有了，米缸里已经没有米了。"八婶说，"等你们去卖了菜，攒了钱，回来我们再煮大锅饭，好吃个饱。"

　　伦八摸摸伦文叙的大头说："走吧，今晚回来我让你吃个饱！"

　　伦八挑着菜，伦文叙跟在后面，一直向猪仔街走去。

　　伦文叙跟在后面，问伦八："听说祖庙很大，很漂亮？"

　　"我听说，南海、顺德一带，就数佛山祖庙最大。大殿屋顶的石湾公仔，栩栩如生。还有一个大戏台，省城的戏班还时不时来演戏。"伦八边转换肩膀边说。

　　"佛山的人还真幸福。"伦文叙幽幽地说。

　　"等我卖菜攒了钱，带上你和你婶，来过过大戏瘾。"伦八说着，就好像成了大富翁似的。

"阿叔是大富翁，带上阿婶和我看大戏！"伦文叙高兴地说。

"今年的菜长势很好，一定能卖个好价钱，阿叔就是大富翁了！"伦八坚定地说。

"大富翁，阿叔是大富翁！我也是大富翁！"伦文叙高兴地说道。

"对！都是大富翁！"伦八应道。

当伦八和伦文叙来到猪仔街的时候，天已大亮。伦八选了一个当街的位置，将菜摆开。伦文叙蹲在伦八背后高喊：

卖菜哩！卖大白菜哩！又香又甜的大白菜哩！

还未等儿子把话喊完，伦八笑着回头对儿子说："你喊得真厉害，我是喊不出这个劲头的。你是从哪里学来的？我没有教过你呀？"

伦文叙应道：下面还有呢，阿叔，你就听着：

公公吃了百岁寿，大婶吃了更加靓。

"谁教你的？这么会吹牛！"伦八开心大笑。

"书中教的！书中自有黄金屋，书中自有颜如玉。"伦文叙振振有词，"我把公公婶婶都说了一遍，不就是有了'黄金屋'？"

"那你怎么不把哥哥妹妹也说上了？"伦八问。

"留一点让别人去想象。"伦文叙的回答，让伦八惊诧。

伦八还想说点什么，这时伦文叙指着东边说："阿叔，'帮衬'的人来了！"只见从东边来了三个汉子，一律的武打行头，像武馆里的人。

"老板，买菜，好靓的大白菜。"伦八说。

"老板？你才是老板！"带头的一个说，"不过，你知不知道，这里卖菜是要收地摊费的？"

"老板，我们刚来，还没有发市，等发市了，我们再交费。"伦八心想，我就算想交费，现在也没有钱交。

"个个像你这样做，我们还用做生意？"那人说。

"生意？你们做什么生意？"伦八问。

另外两个人对带头大哥说："这个乡下佬，不知道规矩，让我们用拳头来教训他，让他知道我们的生意。"

带头大哥对其他两人摆摆手，扭过头来对伦八说："你是从哪里来的？你不知道猪仔街的规矩吗？"

"我们是从黎冲村来的，第一次来，不懂规矩。"伦八应道。

听了伦八的话，带头大哥走开了，他走到那两个人面前，使了一个眼色，打了一个手势。那两人，就像主人使唤的恶犬，直扑伦八，一顿拳打脚踢，将伦八打得蜷曲在地。任由伦文叙呼天叫地，四周都没有人回应。大家都躲得远远的。

那两个人走了，临走时回头恶狠狠地放了一句："回头，我再过来收。若再没有，打你一个屁滚尿流。"

伦文叙呼唤着父亲，用衣衫将父亲头上的血迹抹干。

过了不久，有个和尚经过这里，就向伦文叙问明情况，那和尚说："你们初来乍到，不知道，他们是这里的陀地，是收地皮费的。原来这一片卖菜的很多，现在很多人不敢来这里摆卖，得罪他们不起。施主，我帮你买了这担菜吧，你们快点回家，不要再来这里摆卖了。"说着交了钱。

伦文叙一边收了钱，一边向和尚道谢。父子两人从佛山祖庙大街往回走，经过弼塘村的时候，乌云密布，很快下起倾盆大雨。本来伦八就挨了一顿打，这雨一淋，简直像催要性命的来了。回到家，伦八已是奄奄一息，不久一命呜呼。八婶和伦文叙抱头痛哭，之后草草为伦八办了后事。

伦八的葬礼就在黎冲村举行。参加葬礼的只有稀疏的十个八个人。伦姓一族，原来是从外面迁居进来的，后来又有人搬到别处。现在经此一事，八婶和伦文叙在此地也居住得不安乐了。

在送葬的队伍中，有三个人走在前头。伦文叙身着白色的孝服，走在最前头；八婶则戴着白色的麻服，走在第二；走在第三的是一个年轻人，他就是八婶的亲弟弟梁振兴。

送葬队伍中各人心事重重。梁振兴身在其中，心中记挂着一件事，应该如何与姐姐说呢？振兴早年卖掉了老家的房产，跑到省城去做小生意。这些年生意做得有点起色，他想多雇一个工人，他原本想，回家乡找同乡或亲友去，没想到姐夫这么一走，姐姐这边就只剩下孤儿寡母了。

送葬的人一走，梁振兴就对八婶说："家姐①，我在广州的铺头生意做大了，要招人，不如你过去帮我照顾一下，文叙也可以一

①　粤语，指姐姐。

起去广州帮忙。"

梁振兴想请家姐去广州照看铺头生意。八婶想了想便同意了，她也想早点离开黎冲村，对伦文叙的成长也有好处。

"好的，我也想为文叙换个环境，在广州，争取让他一边做工，一边读书。老师经常表扬他，说他是一个读书的料子。如果条件许可，还是要读书。"

"好的，先去广州，再想办法吧！"振兴同家姐约好，一个月之后，他从省城租车来黎冲，接他们去广州。伦文叙知道这个消息，也觉得广州应该是一个非常好的去处。

"不过，近期我要回老家一趟，探望阿妈！"八婶说。

"好的！"振兴说，"趁着这段时间，你可以陪同文叙回阿妈那里走一走。九叔在顺德厚街村乡下开了一间学馆，到时文叙可以到那里学习一段时间。"振兴说的九叔，就是乡中贤达区藏云，他在乡下新开设了一间私塾，还请了一位出名的教书先生，子弟都在那里读书。春节时候振兴回乡过年，拜访过九叔，到学馆看过，规模是很大的。那梁柱用的木头，是大坤甸木材，一个人也抱不过来。

"小时候我也在学馆里旁听。读书是男孩子的事情，但在九叔的支持下，女孩子也要一起听课的，所以'四书五经'，我也略知一点。"

"家姐，你读的文章竟然比姐夫还多。"振兴说。

"知道一点点，一开始还可以教教文叙，后来慢慢就教不了。"家姐回应。

八婶带着伦文叙回到娘家。娘家在厚街村，离黎冲有二十里路。她回到家乡的时候，和煦的阳光穿过密密层层的榕树枝叶，洒在厚街村的小道上，虽然还有丝丝凉意，但足以给八婶温暖。见到女儿回家，老母亲既开心又伤感。见到外孙已长这么大，虽然越来越聪明，却没有上学，于是就跟九叔说了。九叔立即说，就让伦文叙与厚街村的孩子们一起在新落成的教馆读书。

梁氏是书香之家，家族中还有人在京城做官，这人就是梁储。八婶的高祖曾住在石硝村，后来搬来厚街。厚街有区姓，也有梁姓，大约各占一半。九叔区藏云仗义疏财，最近捐建了一座教馆义学，目的是培养乡中贤才，不管是姓区还是姓梁，都愿意纳入祠堂义学，进行培养。伦文叙来到这里，就在义学教馆念书。

家有两斗糠，送儿上学堂。区藏云对待族中子弟读书学习一事，是非常重视的。不仅男孩子可以读书，女孩子也一起在祠堂读书。他的孙女阿桂，从小就在私塾里上课，而且成绩不比其他男孩子差。只不过，随着小伦文叙的到来，这个学习标兵的称号，就落在伦文叙的头上。

这一天教馆先生开讲《诗经》。课前，有一个富家子弟梁二官欺负伦文叙家里穷，说他是卖菜仔小穷鬼。看到此，小阿桂内心扑通扑通跳，却奋不顾身地护着伦文叙，不让那恶小子欺负新人。伦文叙看着阿桂，她由于太过激动，脸颊上犹如清风将两小朵漂亮的红云徐徐送来，鼻尖上还挂着一颗晶莹的汗珠，犹如一颗小小钻石落在玉盘之上，在斜阳照射下闪着耀眼光芒。伦文叙将阿桂轻轻拉开，随即拿起纸和笔，在上面随手写就一首诗。阿桂顿时觉得伦文叙那笔，宛若游龙；那字，翩若惊鸿，在天空中出现了红霞彩练。她转过头问伦文叙："伦哥哥，你的诗字迹犹如龙飞凤舞彩练当空，我好喜欢呀！你能将它送给我吗？"伦文叙笑着说道："好！"小阿桂于是将字幅拿走了，送去给教馆先生看。教馆先生一看，不禁喜上眉梢：

> 举目纷纷笑我贫，我贫不与别人同。
> 良田万顷如流水，茅屋三间尚古风。
> 架上有书随我读，樽中无酒任它空。
> 一朝拔出龙泉剑，斩断贫根变富翁。

伦文叙的母亲是一位聪慧的女子，她读书识字，才思敏捷，乐观向上，相信通过自己的努力能改变自己的命运、家族的命运。这一点，遗传到伦文叙身上，使得伦文叙在任何时候都保持乐观向上的积极态度。日后，伦文叙不管在那里，也不管从事什么工作，都能积极面对。从上面这首诗，就能看出伦文叙的乐观自主精神，他有通过自己努力改变命运的自信。他是才华横溢的，他很早就进入社会并涉足田间与卖菜场所，还进入寺庙与学馆，所以他比其他孩子多了许多历练，他写的诗比其他学童更加有深度和广度。教馆先生摸着胡子，大声地念着伦文叙的诗，不断点头。

过了半个月，已经没有学生欺负伦文叙了，伦文叙成了教馆里的学习明星，许多孩子纷纷向他请教诗词对联。在请教的人中，就数原来的学习标兵小阿桂请教最多。每次坐在伦文叙的身旁，阿桂就觉得伦文叙有如天上文曲星下凡，虽然衣着朴素，但是气质不凡。而在伦文叙眼中，小阿桂就犹如月宫中的嫦娥仙子，清新脱俗。她那优雅的气质和姣好的容貌，打动了伦文叙的心。

有次阿桂的爷爷九叔来学馆巡堂，看到这情景，他内心产生了一些想法。他倒是经常来检查伦文叙的功课。九叔看到伦文叙的诗稿，于是找到教书先生。

"这个小家伙聪慧有礼，文采斐然，如果弃学，实在可惜。我想资助这个孩子念书，先生你看怎么办？"九叔说。

"我听八婶说，她将在半个月后到广州她弟弟振兴那里做工，伦文叙也一起去。"教书先生说。

九叔心想，这件事得赶快办。

办什么呢？他想将孙女阿桂许配给伦文叙，又怕八婶丈夫新丧。伦文叙刚死父亲，不好谈论婚事，单说资助伦文叙读书吧，又显唐突。他不知道八婶意下如何，于是找来说媒的七姑。七姑就找八婶来谈，八婶心里其实也很乐意，但是她嘴上说，这事等迟些时候再说吧。小姐阿桂许配伦文叙的事情，加上资助他的事情，就这样悬了起来，暂时没有了下文。

八婶临走的时候，九叔送了一些文房四宝给伦文叙，鼓励他好好读书。九叔对八婶说："听说你们半个月之后要去广州，帮助你弟弟阿兴做生意。至于文叙，他是读书的料子。安顿下来之后，一定要让他读书。我在广州有间贸易商行，专门做陶瓷出口贸易生意。我到时去广州探望你们。"

"谢谢九叔！"八婶客气地说道，心里却不敢奢望。

九叔的贸易商行在珠江边的白鹅潭，是比较洋派和豪气的。明朝的时候有三十六行，就是清朝十三行的前身，有一定的官商色彩。三十六行是"牙行"，即中间商，为商业贸易中的买卖双方提供各种服务，包括介绍贸易对象、抽取佣金、联络感情、开拓市场。石湾的陶瓷、潮州的茶叶等为较大宗，有时也要为洋人置办商品，向内推介洋人货物。不过，贸易场所离这里还有几十海里。九叔做的是石湾日用陶瓷的出口生意。

八婶来到广州后，一直住在弟弟振兴的家中。振兴在广州的居室本来就不宽敞，自从伦文叙母子来了之后，就显得更为狭窄了。因为事前没有商量，振兴的老婆不高兴，弄得小两口经常吵架，八婶心里很不是滋味。大约又过了半个月，有一天，九叔突然出现在振兴的家里，说是来探望八婶。

衣着光鲜的九叔来到这个寒门细户，顿时觉得地方狭窄。找不到像样的椅子，九叔就坐在一张四方长凳上。九叔望望这个家，觉得应该帮助伦文叙母子。他寒暄几句，就向梁氏母子道别。

过了半个月，九叔又来找八婶，说他在城西有间旧屋，原来是租给伙计们住的，现在空置，八婶可以搬过去暂住。那里靠近西禅古寺，寺中有个老方丈，叫普照大师，智慧有道，乐于帮助贫寒子弟读书。一来可以让伦文叙在普照大师那里学点文学诗书，二来可以做点小生意，房子也是干干净净的。一开始，大家都不出声。振兴的老婆从心里觉得九叔是天底下第一等好人，能够这样帮助穷困亲戚，于是连忙说出许多赞美语言，说九叔好人办好事，将来一定好人有好报。

八婶开始不愿意，担心受人恩惠，无以为报。虽说九叔是乡里乡亲，也不能无端受惠，但如果文叙能够有一个好的学习环境，这当然十分好。她不知如何是好，便望向弟弟。

"家姐，九叔讲得对，可以试一试。如果不行，再搬回来我们这里。"这段时间，妻子使用的冷暴力，搞得振兴心里很烦。

听到弟弟这样讲，八婶知道了弟弟的难处，于是对九叔说："好的，那就谢谢九叔了。"

搬过去之后，九叔又来探望。八婶过意不去，就对九叔说："九叔，我们不知如何报答您的恩情。"

"大家乡里乡亲，来到省城异乡谋食不易，我们也经过困难的，助人解困胜造七级浮屠。"停了一停，九叔终于说出自己的想法，"八婶，我同你商量一下，你看行不行。我自从见到文叙，始终觉得他非池中之物，一定能在诗书中获得功名。我的家中孙女阿桂，一直在乡下，我开馆办学堂，她也上课。自从她将文叙的言志诗拿给我看，我就认定是文叙了。我有一个不情之请，我想为文叙和阿桂定亲，这样我就能够名正言顺地帮助文叙，文叙也能安心地攻读诗书。"

"谢谢九叔，您知道，我们是寒门困户，哪敢攀您老的高枝？我十分情愿，文叙有这样的依靠真是他的福分。我希望他在困境中学会自力更生，我还想让他一边读书学习，一边做点小生意。"八婶说。

"做点小生意，在社会中历练历练，这样好！"九叔说。

"好！"八婶终于同意了。

四、对联状元

说起伦文叙，离不开对联这个话题，这还要从当时的历史说起，从对联文化的兴起说起。

中国的汉字是世界上最古老的文字之一，它充满神奇的古代东方智慧与现代东方活力，源远流长，历久弥新，具有浓厚的历史基础与群众基础。总的来说，它能写、能读、能诗、能联。这个恐怕是全世界语言中比较独特的。

首先，它能书能写能赋形。这是一种神奇而独特的方块字，它有字形之美，在这个基础上产生瑰丽的书法艺术。它是中华文化的重要载体，蕴含着中华民族特有的精神价值、思维方式、想象力和文化意识，体现了中华民族的生命力和创造力。

其次，它能读能拼，有音律之美，能产生对称性的音律感。除了少数异体字、多音字、多义字外，一般具有一字一体、一音一义的独立特征，且独具对称均匀之美。

最后，它能诗能诵。中国是诗歌的国度，特别到了唐代，中国诗歌到了一个历史高峰，拥有了灿烂的诗歌文化，产生了浪漫主义的李白、现实主义的杜甫等伟大诗人，他们的诗作至今令我们陶醉其中。唐诗之后有宋词，宋词有苏东坡与李清照等大家。到了明朝，对联这种脱胎于诗歌的文字形式更加勃兴。诗与联乃"一体两用"。一般来说，整篇（首）称为"诗"，摘出对偶句来单独使用便成为"联"。随着唐代格律诗的繁盛，摘句集句皆可成联，成为文人雅士交往的一种最常见的方式。到了明代，经开国皇帝朱元璋提倡，加上春节贴春联这些民间活动的推广，从此一发不可收拾。对联成为老百姓积极参与的文化活动，读书人也纷纷参与其中。

在浩瀚如云的传统文化中，对联横批这一文体可谓"短小精悍"。它的篇幅往往不长，单边字数多为几个字到十几个字，上百字、上千字的长联并不多见。乍看起来，似乎信手拈来，简而易行，实则不然。对联横批内容广泛灵活，有状景抒怀、婚丧嫁娶、寿诞馈赠、生老病死、口对笔题等，处处可宣泄情绪，在艺术上也日臻完美，名联佳对异彩纷呈。对联横批虽然简短，但简短的形式只是表象。若论及思想内涵、创作理论及艺术手法，它比赋、骈文更为精练，比诗、词、曲更为灵活。一副好的对联，无论是咏物言志，还是写景抒情，都要求作者具有诗人的思维力、观察力和感染力，有较高的概括力与驾驭文字的本领，才能以寥寥数语达到立意奇绝、感情充沛、寓意深刻、对仗合理、音律优美、神形兼备，给人以思想和艺术美的感受，达到诗化的境界。事实上，好的对联的确有"诗中之诗"的美誉。强大的表现力和艺术感染力，正是对联拥有持久生命力和难以抵抗的魅力的原因。

从文学的运用来看，对联横批是开在汉文学之树上的一朵奇葩，它比较集中地体现了汉字的特色，是汉字文化的一个重要组成部分。

包括失踪的建文帝在内，大明王朝共有16位皇帝。开国皇帝朱元璋是一位大有作为的皇帝。他出身寒微，只是来自平民百姓，一度做过乞丐，当过和尚。有历史学家在评点他的时候说他极其残暴，是因为他杀害功臣李善长和胡惟庸，而功臣刘伯温之死也与他难脱干系。

开国之后，朱元璋心里清楚得很，自己可以凭武力从元朝手中夺取政权，但不能靠武力治国。武官们大多不识字，写不了公文奏折，治理国家离不开文化人。从哪里去寻找既忠心又能干的官僚呢？综观历史，起于草莽的朱元璋可能是自魏晋以来最为重视科举和教育的皇帝。

按照历史学家吴晗先生的说法：第一是从元朝的旧官吏里去找，有但不多，也不够，也不放心；第二只好任用没有做过官的读书人，可是也有不足，也缺乏；第三是任用地主做官；第四是从科举制度中培养更多的年轻人，尤其是像朱元璋一样出身贫寒的年轻人，提供为国家服务的机会。伦文叙就是在这样的大背景下脱颖而出的，这是偶然，也是必然。

旧的人才不够用，只好想办法培养新的了。明太祖用自己的训练方法，培养大量的新官僚。这个官僚的养成所叫做国子监，明太祖把培养官僚的全部责任寄托于国子监，使国子监成为培养官僚的工厂，从语言、行动、思想、文字上都有严格的控制。为此，朱元璋还注重在民间选拔有真才实学的人充实朝廷，特别注意在寒门子弟中选拔与培养人才。他委托刘伯温设计了一套八股科举考试制度，他还亲自制定了严格的国子监培养国家后备人才制度。

不是读书人出身却决心成为学习型皇帝的明太祖对对联情有

独钟，他特别重视对联横批在春风化雨润物无声中的教化育人作用。定都金陵之后，朱元璋在除夕前忽传圣旨："公卿士庶家门口须加春联一副。""对联天子"朱元璋的这道圣旨使得春联一夜之间由宫廷豪门飞入寻常百姓家，文人墨客纷纷把题写春联当成文雅之事，乐此不疲。对联文化在大明广阔的天地间广为流行。朱元璋认为，对联简单明了，它只有横批与上联和下联，没有什么复杂的结构，老百姓一目了然，易于检查、对比，读起来朗朗上口，富于韵律，所以很快就风行全国。在朱元璋之前，对联没成气候；在朱元璋之后，对联大行其道。开国皇帝制定的这个比赛命题，得到读书人和老百姓的喜欢，所以能代代流传下来。至今，春节谁家门口不贴对联？

那么，它对读书人的要求看似简单，实则不然。要在几个字的局限内，要在电光石火刹那间，留下老百姓口口相传的内容，实在是不容易的。正因为不容易，所以造就了一批特殊的人士，其中伦文叙就是一个典型。

在明朝以前，士大夫是和皇家共存共生的。"上品无寒门，下品无势族。"后来印刷术发明了，得书比较容易，书商的存在比较普遍。这样，就有助于伦文叙这样的寒门子弟进入国家的最高读书机构学习。一般老百姓都可以将念书考进士做官作为升官发财的途径，正所谓："万般皆下品，唯有读书高。"天子将官位拿出来，驱使天下人才，谓之"天子重英豪，文章教尔曹"。还有"天下英雄入我彀中"。天下寒门可以晋身，皇权由之巩固。官爵恩泽，都是皇帝所赐，士大夫以忠顺服从换取皇帝的恩宠。皇家是士大夫的衣食饭碗，士大夫非用尽全力不可。士大夫是皇家的管家干事，俸禄优厚，有福同享。前期的共存之局到此就变成后面共治之局了。

朱元璋在建国之初，仍沿袭元制，设立中书省，综理政务。中书省有左、右丞相（正一品），左、右丞（正二品）等官。中书省下设六部，六部各有尚书（正三品）、侍郎（正四品）。这时的六部是中书省的机构，尚书不过是丞相的属员，丞相大权独揽，位处皇帝一人之下，百官之上。到了洪武十三年（1380），因丞相胡惟庸专权揽政，且欲谋反，朱元璋便杀胡惟庸，废除中书省及丞相，并规定以后子孙不准设丞相，臣下有奏请此条者处以极刑。

后来这个规定永为后人遵守。朱元璋废除中书省和丞相后，即提高六部的地位，升尚书为正二品，侍郎为正三品，委大政于六部，由六部分理天下庶务。由此六部尚书之上无首长，六部各不相属，六部尚书平列，上面总其成者是皇帝。明政府经过这样改革，皇帝拥有最终的裁决权，出现了君主主持议政的政治体制。

皇帝日理万机，总得有辅佐的人。因此，朱元璋废丞相后，便设置殿（华盖殿、武英殿等）、阁（文渊阁、东阁）大学士，皆为正五品，使侍左右，各顾问并不参与机务，不过是皇帝的私人秘书，仅承旨办事而已。明成祖即位后，则特别安排解缙、胡广、杨荣等七人到文渊阁值守，得以参与机务，称为内阁大学士，渐升为大学士。

内阁之名及阁臣参与机务自此始，但这时仍是皇帝的秘书处。入阁者官位并不高，仅是六七品的小官，有的升至大学士，也不过是五品官，而且不设置属官，不得干预诸衙门职掌，诸衙门奏事也不通告他们。阁臣们虽说参与机务，仅备顾问而已，凡事不能有所参决，皆由皇帝决定，以后仁宗、宣宗时，阁臣们逐渐进官，进至尚书、侍郎。

从此之后，阁臣的官衔一般是六部尚书、侍郎兼殿阁大学士，这样他们的地位就高起来了。另外，内阁的职权也发生变化。特别到英宗时，小皇帝九岁即位，不能处理国事，凡奏章皆由阁臣代替皇帝先看，提出处理意见，墨书在一张小票（纸条）上，附贴在奏章上，呈进皇帝。皇帝看了之后，把小票撕了，亲用御笔批写在奏章上，这叫做批红。

总体上说，朱元璋是重用知识分子的，并且喜欢任用经他选拔培训的知识分子，以打压功臣老将。例如，他在位后期，杀了功臣与首辅李善长，杀了功臣与首辅胡惟庸。而且据可靠的史料，一度言听计从的刘伯温之死也与朱元璋不无关系。除了打压功臣，朱元璋还有一大动作，就是大兴文字狱。到了明代中期伦文叙的时候，仍然深受影响，所以作为文字工作者的伦文叙一定感受到巨大的工作压力和无形的环境压力。

有了朱元璋倡导对联的态度，文化人就有了更多机会。伦文叙的机会也终于来了。伦文叙来自遥远的广东，远离京城，在科举制度这个体制内，他终于走到了天子脚下。这其中有必然的因素，也有偶然的成分。单论伦文叙的对联，大多是易懂易记、老少皆宜、融会贯通、贴近生活的。这些雅俗共赏的诗联佳作，让老百姓喜欢得不得了。历史上广东一共产生了九位文状元，列表如下：

莫宣卿，唐大中五年（851）辛未科状元，籍贯封开

简文会，南汉乾亨四年（920）戊寅科状元，籍贯南海

张镇孙，南宋咸淳七年（1271）辛未科状元，籍贯番禺

伦文叙，明弘治十二年（1499）乙未科状元，籍贯南海

林大钦，明嘉靖十一年（1532）壬辰科状元，籍贯潮州

黄士俊，明万历三十五年（1607）丁未科状元，籍贯顺德

庄有恭，清乾隆四年（1739）乙未科状元，籍贯番禺

林召棠，清道光三年（1823）癸未科状元，籍贯吴川

梁耀枢，清同治十年（1871）辛未科状元，籍贯顺德

伦文叙是明代的状元。以前，广东地区是文化沙漠，是边远荒蛮之地。但是正像中国人所说的，风水轮流转，到了宋代以后，特别是明代的时候，东南沿海地区的经济状况逐步改善，生产发达了，对外贸易发展了，念书识字的人多了，文化水平不断提高。相反，倒是中原地区由于战争的破坏，生产力下降，全国经济重心逐步转移到东南地区。由于印刷术的发明和书籍的商品化，加上东南沿海地区的经济上升，进科的地区比例发生变化，东南沿海地区的人士占的比重越来越大。

到明朝弘治年间，广东出了个伦文叙。说他是对联之神有点过头，若说他的对联成就十分了得，则一点儿不为过。他家门贫寒，靠自学成才，符合诗书耕读传统，老百姓自然喜欢；也符合开国皇帝朱元璋提倡的在寒门子弟中选拔官吏的要求，正所谓：

人间数百年持家无非积德，

天下第一等好事还是读书。

对联横批一经朱元璋提倡，更是一发不可收拾。本来，在唐宋的时候，民间就有贴春联的传统。从读书做官这个角度说，伦文叙是幸福的，因为他实现了上述对联上所说的人生理想。而讲到对联，则必须讲一讲书圣王羲之家里贴出的春联。据说由于他是书圣，所以对联一经贴出，糨糊未干，就被邻居揭走。虽然说是偷，但那也是"雅偷"，或叫"请走"，因为你禁不住老百姓喜欢呀。王羲之也是有个性之人，他曾将对联只写一截，上下联分别是：

福无双至，

祸不单行。

结果那偷对联的人一看，咦不对！什么"福无双至"，什么"祸不单行"，不能揭，不能偷。这样，等到时辰一到，书圣才在上下对联上添齐内容，成了：

福无双至今日至，

祸不单行昨夜行。

这就是书圣的智慧，也是中国人的幽默。而到了宋代，仍是保持着悬"桃符"的风俗。王安石在《元日》一诗中写道：

千门万户曈曈日，总把新桃换旧符。

这样的诗句是对当时春节挂桃符的真实写照，镌刻于木柱上的"楹联"也逐渐出现。后来，以红纸形式出现的对联在明代大为流行，它既经济实惠，又有利于老百姓抒写心中希冀。

扫码查看
☑ 配套插图
☑ 科举趣事
☑ 状元趣话
☑ 科举文化

吴有莲临明末清初王翚（1632—1717）作品（局部）

五、殿试对句

华胜先生是众多讲述伦文叙故事的民间人士之一，他不是专业的讲古佬，他只是一个粤剧迷，是热爱家庭、疼爱儿孙的众多百姓中的一个。晚年他每天都去古镇茶楼饮茶吃午饭，这是他每天的功课，他的生活内容之一。早年他去香港谋生，在香港耕作农场，生活富足。但是，太平洋战争爆发，日本入侵香港，他便选择回到家乡躲避。战争中他失去了很多东西，包括一些家人。

华胜先生没有上过什么学，只读了两年私塾，稍微懂得一些文化，晚年却长年订阅《参考消息》《羊城晚报》等，他是我儿童时代所见的少有会看报纸的祖父辈老人之一。

华胜先生关心孙儿的成长，他主要的办法就是讲述伦文叙的故事。对他来说，伦文叙的故事常讲常新；对于我们，伦文叙的故事百听不厌。

我的外公华胜先生讲述的伦文叙故事，是我迄今为止听到的最动听的伦文叙故事。这种讲述，犹如六祖惠能的讲经，它是不立文字的，它是心有灵犀的，它几乎不用生僻字，不在乎你头顶上戴着多大的学问帽子，只在乎你的情怀。它抚慰着你的心灵，直指着你的心胸，很在乎与你互相交流感应。

小时候在大榕树下，听大人讲故事，最动听的也是那些貌似粗鄙的长辈在不经意间讲出来的故事。他们讲武松打虎，讲林冲报仇，讲孙悟空快意恩仇，讲唐伯虎题诗配画，讲伦文叙诙谐对联。无论讲什么，这些故事得有老百姓的情怀、老百姓的语言、老百姓的浅显，才能让老百姓口口相传。

由于听华胜先生讲古，我很早便知道什么叫"潜心奋志"，谁是弘治皇帝，伦文叙与柳先开的对句，西禅古寺的巧遇，"三尊宝佛"与"一介寒儒"的对联，状元及第粥的由来，"一门四进士，父子魁三元"的故事，伦文叙卖艇诗，糊涂小姐与精明丫鬟的故事。华胜先生的讲述，像风、像梦、像灯，唤醒了我沉迷中的梦；华胜先生的讲述，像雨、像雾、像水，滋润了我的文艺之梦，激发了我沉睡的诗意。它不华丽，却有温柔的感觉，裹挟着丰富的情感。它像清泉般叮咚流淌，里面有许多轻灵的语言，有许多虔诚的流露。

中国人有一个情结，他们无一不希望"朝为田舍郎，暮登天子堂"。伦文叙实现了这一梦想。华胜先生讲述的，主要是在这个梦想上的追梦故事。华胜先生将伦文叙当作同乡故人，或同乡故人的儿孙进行讲述。于是，越来越多的故事便在珠江两岸流传开来。

在华胜先生的故事里，排第一的当数伦文叙殿试时的故事。他先说伦文叙的对手柳先开，心高气傲、盛气凌人。在殿试中，柳先开开腔说：

读尽天下九州赋，吟通海内五湖诗。

月中丹桂连根拔，不许旁人折半枝。

柳先开是有帮手的，他的帮手是他的舅父，大学士赵仕德。正所谓朝中有人好办事吧，老百姓历来有这样的看法。而柳先开也这样认为，有了赵仕德的帮助，自己青云直上肯定中得鳌头。所以他目中无人，不把伦文叙放在眼中。这边柳先开刚念完诗句，那边赵仕德就急着对皇帝说，柳先开应拔头筹，获得状元头衔呢。

伦文叙的支持者是大学士梁储，也是主考官。梁储赶紧制止赵仕德说，考试还没完结，不要轻易下结论。他赶紧叫伦文叙出对句。伦文叙随口吟出四句：

> 潜心奋志上天台，看见嫦娥把桂栽。
> 偶遇广寒宫未闭，故将明月抱归来。

最后，由弘治皇帝亲自主持，分出高低。皇帝说，柳卿家诗句虽好，但只折得半枝；而伦卿家却将明月全部抱归来，不单有后发优势，而且效果更佳，气魄更大，志向更高，明显技高一筹。于是皇帝点中伦文叙为状元。胜者自然高兴，败者也无话可说。梁储与赵仕德各怀心事，有喜有忧，暂且不说。我的外公讲到这里故意卖了一个关子，就把话头搁置，做别的事情去了，吊起我们瘾来，搞得我们急着直追下文。

伦文叙考状元的故事实在是太神奇了，故事就在珠江两岸不停流传。我的外公不知道在哪里也看了他那时的粤剧演出。戏文其实很多，他只凭记忆讲出了最精彩的部分。后来，在2018年，我查看了广东粤剧一团演出的一部粤剧，名叫《状元伦文叙》，主演是丁凡和陈韵红，演得很精彩。讲到这场殿试中的两个著名对句，大致情节也是如此。可见外公华胜先生所讲述的故事，已经在岭南的百姓中广为流传了。

其实，粤剧中关于伦文叙、柳先开的部分内容是虚构的，历史上真实情况是这样的：弘治十二年（1499），状元伦文叙，榜眼宁波丰熙，探花山西刘龙，二甲第一河间府孙绪。

六、"巧遇梁储"

华胜先生继续讲述伦文叙的第二个故事："话说，梁储回乡祭祖，途经广州，来到西禅古寺进香。"

未等外公讲完，我就犯了一个错误，开始提问："梁储是谁？"

"他是成化年间的进士，此后担任过翰林学士、礼部尚书、文渊阁大学士和内阁大臣。总之，是朝廷大员、不得了的人物。"外公这样说，仿佛他认识梁储一样。对于外孙的拦截，他没有表示不允许。他已习惯了在拦截中继续讲故事。他还喜欢使用吊瘾之法。总之，他的办法很多。

"西禅古寺普照方丈大师率领一众和尚香客恭迎于寺门口。在众多的人之中，大家顾不上一个小屁孩，这个小家伙就是伦文叙。"外公继续说。

当我和弟弟妹妹正在做手工编织葵篷时，外公又来到了我家。我的母亲没有恭迎他，而是忙于编织葵篷的核心脊骨，她一个人编织篷脊，我们兄妹四个编织葵篷。她很忙，只和父亲打了一个招呼便忙开了。我们兄妹四个很高兴，因为精彩的伦文叙故事就快开始了。

"外公，您喝茶吗？"见到外公来，我就问道。

"不用了，我刚才在古镇茶楼饮完茶食完晏昼。""晏昼"就是午饭的意思，广府地区的人称午饭为"晏昼"。

"伦文叙认识梁储吗？"我问。

"刚开始的时候不认识。"其实呢，伦文叙的母亲也姓梁，是梁储的同宗族人，辈分属于外甥女，不过两家基本没有来往了，因为已经很疏远了。外公继续说道："当时，伦文叙走避不及，就躲在神台底下。"

"他就不怕梁储大人看到？"我问。

"梁储诚心烧香时，伦文叙暗中走动，将梁大人吓了一跳，以为是刺客，连忙说：'有刺客，有刺客，捉拿刺客。'"外公道。

"伦文叙被捉拿？"

"这还得了，当朝大员身边有许多护卫，大家马上前去保护。一个大胆的进入神台底下捉拿刺客，一抓，怎么手无缚鸡之力？原来是小屁孩一个！"外公说。

"吓死！"我说。

"护卫道：'你这个小东西，怎敢行刺大人？'不由分说，就要行缚。"

"那怎么办？"我问。

"见到伦文叙，普照大师连忙从后面走上前去，对大人行礼说：'大人，他是我的学生伦文叙，他家贫卖菜，我见他可怜，就将他收留在寺中，有空就教他诗书。今天，百贤殿已经建好，唯独缺门口对联一副，就请人去找他写对联。他对得可好了，真是孺子可教。'"

"啊，原来如此，快将对联拿来本官看看。"

普照大师将墨迹未干的对联拿来，呈给大人阅。

大人将对联展开，越看越喜欢，只见对联上写着：

云台二十八将将将封侯，

杏坛七十二贤贤贤希圣。

"梁储大人连忙称赞：'好对，好对！'但转念一想，这是小孩子写的吗，还是别人代笔的？他决心亲自考一考他。"外公说道。

"怎么考呢？"我问。

外公说，梁大人自然有自己的办法。他背着手，在庙里转了一圈，看见三尊宝佛，庄严肃穆。他也是一个才思敏捷之士，就出了一个上联：

三尊宝佛坐鳌坐象坐莲花。

"那伦文叙怎么应对？"

外公又说，这个世间，就没有伦文叙对不了的对子，很快，伦文叙对出下联：

一介寒儒攀龙攀凤攀丹桂。

"那大人怎么说？"

"当然叫好。"外公说，"梁大人非常高兴，于是来到伦文叙跟前，问他家庭情况。当得知伦文叙父母的情况时，他这才知道，原来这个孩子的母亲也是自己族人。梁储也是一个苦学成才之人，重才之心顿起，于是叫来账房先生，拿出五十两纹银，送与伦文叙，吩咐他好好学习，多读圣贤之书，将来考取功名，报效国家。"

"Happy啦！"我说。

"什么？"外公讲得太专心了，竟然不知道我在说什么。

我伸伸舌头，母亲和弟弟妹妹一哄而笑，整个过程到现在，他们终于参加到故事里头了。听是静的参与，笑是动的参加。

这天，外公又讲述少年伦文叙的故事了。他为什么总是喜欢讲述伦文叙的少年故事呢？有时我想，这个伦文叙啊，就像我们邻居家一个既聪明又顽皮的孩子，有的时候让人讨厌，但总的来说令人喜欢，所以外公就喜欢讲述。而且，我从母亲那里得知，外公外婆早年去了香港谋生，在香港还有自己耕种的农场。二战期间，日本鬼子一来，在香港的产业就全部泡汤了，只能回到家乡中山古镇。而且，更加不幸的是，一连生育了几个孩子，都养不大，直至有了母亲，后来就只有一个单丁女儿了。所以，在外公的潜意识里，他应该有许多孩子，而且有一些应该像伦文叙那样聪明。

今天，他讲述伦文叙"喝声将军"的故事。

话说，伦文叙少年的时候，也像许多孩子一样，是一个既聪明又顽皮的孩子。一天，他与小朋友玩球，得意忘形之际，伦文叙一个高拳大举，将球打进了一个高墙大院之内。这个大院正是广州镇守使的宅子。孩子们你望着我，我望着你，大家都不敢到院子里捡拾球，因为这个宅子是有兵把守的，门口的卫士们都是一副威严不可侵犯的样子。但是任由球丢在里面吧，大家又心有不甘。正在无计可施之际，伦文叙一个箭步就蹿到门口，却被门房拦住喝道："喂，小孩，这是将军府，军门重地，谁人敢闯？"

"我……我丢了个球，进了宅院里。我……我要进去拾回！"

"什么，这是谁都可以进来的地方？不行！快滚！"门房说，"我叫兵丁把你捉拿禁闭。"

小孩丢了东西，比大人丢了金银还重要，小小伦文叙不管不顾，就想往里冲。两人就在门口大声喧哗。声音传至里面，惊到了正在与朋友下棋的将军，将军问家人："门口为什么吵吵闹闹？"

"将军，一个小孩子丢了皮球，要进院内捡，门房拦住了。"家人回报。

"拦得对！谁都可以进我将军府？"将军说着，冲对面的客人笑了一笑。

"将军，一个毛头小孩，叫伦文叙，是个神童！"家人说。

"呵，伦文叙，我也早有所闻。他要进来，好，就让他进来。我久闻其名，未见其人，我要亲自试试他是不是真如其神。"

伦文叙被带进来了，东张西望。

"喂，小孩子，你叫什么名字，你知道这是什么地方吗？"将军明知故问。

"报告将军，他们说这里是将军府，还说将军正在处理军务大事，但是——"由于跑得太快，伦文叙喘着气说，"我的球不见了，丢在里面，我要捡回它。啊——我叫伦文叙。"

"伦文叙？别人说你是神童，对联对句应对如流，不知是否吹大牛？"将军将他一军。

"报告将军，我会对句，没有困难！"伦文叙自信地说。

"那好，我就考考你。如果对得好，我让你去拾球；对得不好，你就等候处理吧。这是将军府，是军事禁地，闲杂人擅自闯入，立即捉拿不误！"将军的话音不大但挺吓人。

"请将军出题。"伦文叙自信满满。

"古人讲，勤有功，戏无益。此话怎解？"将军说。

"孔圣人教育我们，要学会诗书礼乐射数，我玩皮球，是用以健身，所以是有益的。"伦文叙应对自如。

将军笑一笑，望着墙上的《龙吟虎啸》图，对伦文叙说：

> 龙不吟，
>
> 虎不啸，
>
> 见到童子，
>
> 可笑可笑。

伦文叙望了望棋盘，又望了一眼将军，再望了一眼客人，便应对曰：

> 车无轮，
>
> 马无鞍，
>
> 喝声将军，
>
> 提防提防。

可以讲，应对非常精准，而且更为奇妙的是，"将军"一语双关，既指下棋的将军，又指下棋的招式与路径。将军见此，与客人面面相觑，心中对伦文叙小小年纪才思敏捷大为称赞。

华胜先生继续讲述少年伦文叙的精彩故事呢。

将军是一个收藏迷，喜欢收藏名画，自然就有人投其所好。最近有人送了一幅《百鸟归巢图》，作者还未题字。将军见到伦文叙如此有才气，他就想让伦文叙为此画题诗，以添光彩。当他提出这个要求的时候，伦文叙也不管三七二十一，不管是哪个名家的，都大包大揽地应承了。

这个任务可比刚才的那个事情复杂多了。既要考虑内容，也要考虑题写的位置与风格，还要考虑与画面的匹配度。只见那伦文叙，艺高人胆大，少年不惊慌。他拿起笔，蘸上墨，便开始写第一句：

天生一只又一只。

写完一句，他故意停了一停，将军与客人为之一怔，心想，这一句不怎么样。于是伦文叙再来第二句：

三四五六七八只。

将军嘴上不说，心中不悦，心想：坏了，名画就败在这个小子手上了。但将军可是一个见过大风大浪的人，即使心里不高兴，外表没反应。将军望了望对面的客人，客人回望了他，两人彼此心照不宣。将军心想，再看看吧，也许下面来个峰回路转，出奇制胜呢。只见伦文叙一口气写完三四句：

凤凰何少鸟何多，
啄尽人间千万石。

"好大志气！"将军心想，又望了望客人，客人报以同样微笑。

还是客人冷静一点儿，他想凤凰是一种能歌善舞的鸟，一种吉祥之鸟。他学过一些奇异的数学之法，有一种算法是这样的：

$1+1=2$

$3 \times 4=12$

$5 \times 6=30$

$7 \times 8=56$

以上四项相加刚好为100

伦文叙故意不讲透，让将军自行品味。将军还未品透，客人先行悉知，并向将军禀明。将军大喜，抓住伦文叙的手说："哎呀，你小小年纪，竟有如此神力。好！好！后生可畏！今后你可以随便进来。告诉门房，今后特许伦文叙进来喝茶玩耍。"伦文叙谢过将军，欢天喜地走出去继续玩球了。

七、寺里成长

八婶和伦文叙到了广州后，九叔没有忘记他们。九叔是西禅古寺大施主，古寺重修时九叔捐了许多钱物；同时，九叔敬重寺中方丈普照大师的诗书文才与人品，所以，就向大师讲述了伦文叙的情况，如果任其荒废学问，将是一件令人十分遗憾的事情。

普照大师二话没说，就应承下来，承担起教导伦文叙的责任。而且，伦文叙这个小子话头醒尾，思维敏捷，是可造之才。在可期的时间见到孩子成才，就像自己亲手淋水施肥的菜苗迅速长大一样。可是十年树木，百年树人，方丈大师并不急于让伦文叙成才，而是每天勤于教导，恨不得将自己平生所学全部教给孩子。他想起自己年轻的时候，那是未出家之前，他也是个穷孩子，靠着寺庙的资助，自己勤学诗书，没有走上考取功名之路，却走上了现在的这条路，这都是机缘巧合。伦文叙与自己有缘分，就让自己来教导这个孩子吧！

伦文叙就这样成了方丈的入室弟子，因为还是俗家，他白天还要经常帮助母亲上街卖菜，晚上就来到方丈这儿学习诗书，他管自己叫"入庙弟子"，同寺中一班僧众自然熟悉。

一天，寺中一班和尚没事，和伦文叙闲聊。一个瘦和尚见到两幅画。一幅画上画着一条大梁，梁上一条鳌鱼；另一幅画着一个门神。于是，他请伦文叙借此出对子。伦文叙不假思索，便题出：

> 梁上鳌鱼难炒难煎难供客，
> 门中将军不饮不食不求人。

大家觉得应对贴切，不由得又将伦文叙称赞了一番。

此时，又有一个胖和尚指着一幅《竹寺等僧归图》，请伦文叙题对句，伦文叙想了一下便对：

> 竹寺等僧归双手拜四维罗汉，
> 月门闲客至两山出小大尖峰。

这个对句应该用古代使用的繁体字去解构：上句中的"竹""寺"合为"等"，"四""维"上下合为"罗"；下句中"月""门"合为"闲"（繁体字），两"山"合为"出"，"小""大"合为"尖"。巧妙灵活，大家又感慨了一番。

寺中人多，既有胖和尚，也有瘦和尚；既有好和尚，也有坏和尚。其中一班坏和尚专门到寺外去偷鸡摸狗，当地百姓对他们恨之入骨。但他们是团伙作案，手段狡猾，大家奈何不了他们。伦文叙早就想教训他们了，但是找不到机会。记得，梁储曾经入庙烧香，遇到伦文叙潜伏在神台底下偷看，成就一段机缘。

梁储走后，这班家伙便将伦文叙拦住，问伦文叙："为什么梁大人要奖励你五十两纹银？"

"因为我应对得体！"伦文叙自豪地说。

"那你如何应对？"带头的坏和尚问。

伦文叙故意卖了一个关子，先转述梁大人上联说：

三尊宝佛坐鳌坐象坐莲花。

"那你如何对下联？"坏和尚急着问。

伦文叙欲言又止，然后改用了另一个下联：

一班秃奴偷鸡偷狗偷芥菜。

"真是这样说的？"坏和尚问。

"就是这样说的！"伦文叙答。

"今回害死我们了！"坏和尚说着，害怕事情暴露，担心大人会派人来处罚他们。

伦文叙出了一口恶气，就立刻回家了。

华胜先生开始讲述伦文叙的第六个故事。

话说伦文叙在母亲和普照大师的培养下，养成了乐于助人的好习惯。一天，有一个老妇人来找普照大师，要写封信给女婿报喜。刚巧大师外出而伦文叙在寺庙里读书，大家就对老妇人说，你找伦文叙，他是才子，妙笔生花。

伦文叙一点儿也不客气，他很高兴，能够用自己的能力帮助有需要的人，这是自己的福气。于是他就问明情况。原来，昨天女儿生了一个男孩，女婿周世德在外做生意，老妇人要向女婿报喜。得知老妇人着急，伦文叙一挥而就，在一张便笺上写下四句：

> 字奉良人世德知，昨夜三更降麟儿。
>
> 一家大小都平安，速寄浆钱莫迟疑。

好一个人细鬼大的伦文叙，不但向老妇人女婿报了喜，而且催促他快点寄钱回来。老妇人不知道如何开口，但是伦文叙文采斐然不说，还十分懂得世俗人情，他直接将话点明。老妇自然高兴，连连道谢。

对待不识字的阿婆，伦文叙热心服务；但对于一些别有用心的对手，伦文叙则表现出极强的斗争性。下面是华胜先生讲述的又一个故事。

在伦文叙这一科中，人才济济，藏龙卧虎。其中一个厉害的角色就是柳先开。柳先开是官宦人家出身，家里有钱有势，朝堂有人有面。他看不起伦文叙，认为一个乡下卖菜仔，有辱斯文，不堪入流，故此不把伦文叙放在眼内，认为自己必然高中。

柳先开实在是太狂妄、太目中无人了，居然在自己住宿的湖广会馆门口，挂出了灯笼，上书"新科状元柳"。广东的士子觉得不可忍，于是上门去理论。当天，伦文叙正在客馆里读书备考，那边传来吵架声音。有人来报告伦文叙，那边就要打架了，赶快去劝架。伦文叙说，有人打架，报告官府，让人处理便是了。来人说，你快去看看。

伦文叙到外面一看，已经围了一大堆人，有人拿来竹梯，有人拿来镰刀，准备除去那可恶的灯笼。伦文叙一看连忙说，他来文的，我们不能来武的，我们就以文对文。于是拿来笔墨，爬上梯子，分别在五个大字的后面各写上两个苍劲有力的大字"未必"，那五个字，就变成了七个字：

新科状元柳未必。

广东士子哄然大笑，大家都非常开心得意。

这边也有人向柳先开报信，说门口有人捣乱。柳先开出门一看"新科状元柳未必"七个大字，顿时肺都气炸，于是门口一场混战。这场混战，竟然惊动了当朝两个重要的大臣，一个是当朝太师赵仕德，一个是大学士兼本科主考官梁储。他们两人来巡察考场准备情况，路经会馆，巡察士子情况，不料这里乱成一片。

这边厢，两大人分头劝架，教育士子；那边厢，两个士子分别拜见舅父和同乡先贤。最后达成和解，不至于将事情闹大，否则落一个扰乱京城的罪状，谁也没有好果子吃。于是伦文叙与柳先开的第一次交锋，就这样偃旗息鼓了。

有一天，外公问我："你吃过及第粥没有？"

我说："吃过的！"

他再问："好吃吗？"

"挺好的，有花生、猪肉，还有猪粉肠、猪肝、猪腰，加上葱花、姜丝等，味道好极了。"我回道。

"那我就为你讲述及第粥的故事。这个及第粥，又叫状元及第粥，与伦文叙有关。"华胜先生说。

"话说，伦文叙小的时候家里很穷，没有什么好饭菜可以吃。当他每次把菜送到粥铺老板那儿的时候，老板可怜他年纪小，身体瘦小，可头又大，所以就常常把剩下的猪肉丸子煮了免费给他吃。到后来他甚至每天跑到老板这里来吃粥。"

"伦文叙遇到了好心人？"我问。

"对，伦文叙遇上了这个好心人。"外公说。

"后来伦文叙考中了状元，衣锦还乡，为了答谢这个老板，亲手为老板题写了一块匾，就叫'状元及第粥'。后来粥店门庭若市，再也不愁没有生意。"外公说。

"那就是好心人终于有好报。"

"对，好心人有好报！"外公说。

"伦文叙成功后，他得答谢许多地方的许多人？"我继续问。

外公于是说道，伦文叙去过肇庆，并留下对联：

阅江楼中阅江流，
映月井里映月影。

"伦文叙去肇庆，为阅江楼续写了一副对联。对联上联是广东状元莫卿宣题写的，下联是伦文叙后来续的。"外公说。

"伦文叙到处旅游，这么幸福！"我羡慕地说。

"幸福得来全不易，梅花香自苦寒来。"外公说，还有一副对联是这样的：

南雄梅岭乌猴洞，

东莞茶山青鹤溪。

"敢情南雄与东莞茶山也是很漂亮的？否则伦文叙去那里干什么？"我问。

"对呀，等你长大了，你像伦文叙一样，考取功名，云游四海，就容易得多。外公我只是在书上了解，一些是从讲古人那里得知，没有去过南雄与茶山，以后你去印证一下就知道了。"外公道。

"外公，我一定要去南雄和茶山走一走，到时回来告诉你。"我说。

"好，好。外公等着。"

扫码查看
☑ 配套插图
☑ 科举趣事
☑ 状元趣话
☑ 科举文化

八、教子有方

　　岭南人，对于伦文叙的家庭教育成绩，那是十分羡慕的。因为伦文叙自己是状元，还教育出三个出色的儿子。

　　这天，华胜先生开始向我们兄弟姐妹讲述伦文叙教育三个儿子成才的故事。他说，伦文叙三个儿子，均考取进士：长子以谅，乡试第一（解元），正德十五年（1520）进士；次子以训，正德十二年（1517）会试第一（会元），殿试（榜眼）；三子以诜，嘉靖十七年（1538）进士。

　　"第二子中进士比长子还早？"我问。

　　"这叫年龄有先后，术业有专攻。"外公说道。

　　"外公，三个儿子都能取得功名，在封建时代也是十分罕见的。"我说。

　　"对呀，加上伦文叙自己，'一门四进士，父子魁三元'。所以，皇帝赐了一个牌匾，叫做'中原第一家'，后世传为美谈。"外公说道。

　　"外公，伦文叙和他的儿子们都是读书的料？"我问。

　　　　春有百花秋有月，夏有凉风冬有雪。
　　　　若无闲事挂心头，便是人间好时节。

外公没有马上回答，却吟诵起上面的一首诗来，然后说道："可以用这首诗来观照伦文叙和他的儿子们。他们学会苦中求乐，养成了快乐读书的好习惯，并从中品尝到苦中寻乐之趣，就像春夏秋冬一样随时随地开心，将阅读的困苦变成时间的复利。"

"复利？"我问。

"越读越有味，加上不断累积，就是时间的复利！"外公回答。

"我国历史上，还有谁比得上伦文叙一家的成绩？"我问。

"有，北宋苏洵、苏轼、苏辙'一门三杰'算一例；还有，清末民初风云变幻中的梁启超家庭算一个。梁启超本人就是我国有名的思想家、政治家、教育家、史学家、文学家、社会活动家，家教很严格。'一门三院士，九子皆才俊。'他的九个儿女都成为国家栋梁之材，三个院士六个专家。"外公回答说，"长子梁思成是著名建筑学家、建筑教育家和建筑师、中国科学院院士；次子梁思永，我国近代田野考古的奠基人、第一届中央研究院院士；最小的儿子梁思礼，是中国当代著名的火箭控制系统专家、中国科学院院士；长女梁思顺是著名的诗词研究专家，曾任中央文史馆馆长；次女梁思庄是我国著名图书馆学家；三女梁思懿曾任中国红十字会对外联络部主任、第六届全国政协委员；三子梁思忠毕业于美国西点军校，参加过淞沪会战；四女梁思宁早年就读于南开大学，后投奔新四军参加革命工作；四子梁思达是我国著名经济学家。"

"梁启超比别的父亲厉害在哪里？"我问。

"梁启超以坚强的奋斗精神和乐观风趣的博大精神教育子女，

他说:'我平生对于自己所做的事,都能品出味来,什么悲观、厌世,从来没有在我的词典里出现过。'他和其他父亲唯一不同的地方就在于因材施教,会根据每个孩子不同的特点给予帮助。他很重视早教,虽然他在戊戌变法失败后逃亡日本,但那段时间对他而言是最幸福快乐的日子,因为可以陪伴孩子成长,可以教他们读书写字。他本人会亲自带着孩子读书,言传身教,时间久了,读书就成了生活中不可分割的一部分。"外公答道。

"教育的本质是什么?"我问。

"对于梁启超来说,他信仰趣味主义,注重深层次的塑形,让儿女们都成为一个独立的人、一个自主的人、一个平等的人、一个仁爱的人,总之成为一个才识卓著的现代人。就这个意义上说,梁启超是一位超级教师。"外公回答。

"梁启超去过欧洲和美国吗?"我问。

"梁启超是去过欧洲和美国的,伦文叙没有去过。梁启超是不信仰宗教的。当他去到美国的时候,每逢星期日,都必须到教堂去看看。他是想看看做礼拜的秩序,听听音乐,以安定精神。"外公回答。

"为什么梁启超有这么多时间教育孩子?"我问。

"梁启超的一生,有两个时间段与孩子们接触较多,一个是流亡日本后期,一个是在国内因政治活动屡遭挫折时期,他都埋头读书教子,尽享天伦之乐。"外公说道。

"梁启超是父亲还是朋友?"我问。

"有时候他是父亲,有时候他是朋友!"外公答道。

"梁启超长寿吗?"我问。

"梁启超是1873年2月出生，1929年1月去世，享年56岁。他去世的时候，梁思礼才5岁。虽然梁启超早早就去世了，但他的后代都成才了，其实就是在孩子小的时候，他就已经带头让他们养成爱读书的习惯。梁家人不管走到哪里都不会忘记的一件事就是读书，这是一种自带的品质，环境和习惯造就了他们，让他们能够成为栋梁之材，这和梁启超给他们培养的爱读书的习惯分不开。"外公说道。

"梁启超也有两个老婆？"我问。

"对，第一任夫人李蕙仙，第二任夫人王桂荃。李蕙仙是直隶固安县（今河北固安县）人，1889年时一位姓李的朝廷维新派大臣的堂妹，这位大臣特别赏识梁启超，亲自将堂妹李蕙仙许配给梁。她是梁思顺、梁思成、梁思庄的生母。第二任夫人王桂荃是四川广元人，她原是李蕙仙的丫鬟，后来成为李蕙仙终身的得力助手，也是她意图的踏实执行者，又是家庭的主要劳动力。她是梁思永、梁思忠、梁思懿、梁思达、梁思宁、梁思礼的生母。"

"那另外还有一个丫鬟呢？"我问。

"李蕙仙与梁启超结婚时，带去了两位丫鬟，一个叫阿好，一个叫王喜来，王喜来即王桂荃。阿好脾性不好，又不听使唤，不久便被梁家赶出家门。而王桂荃则聪明勤快，深得梁氏夫妇喜欢，家中事务甚至财政都由她掌管。1901年，梁启超的长子梁思成诞生，苦盼六年的梁启超后继有人，自然十分高兴，但望着孩子单薄的身体，他和李蕙仙都有担心，于是为了香火旺盛，梁启超在李蕙仙的准许下，纳了王桂荃为妾，1903年她成了梁启超的侧室。"外公说道。

"他们家的情况与伦文叙家的情况有一些相似？"我问。

"相似？相似在哪里？"外公反问。

"第一，主人公有才，得赏识。伦文叙有才，得九叔赏识；梁启超有才，得李大人赏识。赏了老婆不说，还赏丫鬟。第二，嫁女就嫁女，带着丫鬟去，最后还成了一家。第三，出生的孩子们都很聪明，梁启超到了开始追求男女平等的时代，所以他的儿女们就更加出色。"我回答道。

"对的，还有许多故事的，你自己去阅读吧。"外公望了望我，赞许地说道。

"梁启超老家在哪里？"我问。

"故居就在广东省江门市新会区茶庵村。"外公说。

"旁边有个小鸟天堂公园？"我问。

"对，茶庵村就在小鸟天堂侧边不远处。"外公回答。

"我日后一定要去梁启超故居走访。"我说。

华胜先生又开始讲述伦文叙故事。

"话说伦文叙父亲伦八死后，家中留下一艘农艇，由于家贫，也只能卖掉。有一天，八婶找到了一家买主，是邻村的胡员外，一个大善人。胡员外大善人一方面由于家中有田地要耕种需要购进农艇，另一方面是想帮助孤儿寡母。八婶开出老实价，员外没有还价就同意了。但员外有一个要求，就是写张卖艇的契约。八婶不会写，就叫伦文叙来写。"外公说。

那伦文叙不假思索，拿来纸笔，一挥而就：

> 家住魁岗黎水村，显之亲父是伦门。
>
> 床头金尽孤舟别，一卖千年不异言。

"员外一看，那蝇头小楷，端正方庄，笔劲有力。简单四句，就将地点与家门报清楚，还把契约内容标示明朗。员外要看的就是这个，他今天来，主要不是来买农艇，而是来考察伦文叙的文才。此行来到，他没有与老婆商量，也没有与女儿商量，他是自己先来打个前站，做个侦察的。父亲是家长，家长关心女儿婚姻大事，为她未雨绸缪，也是应该的。"外公继续说。

"那员外肯定喜欢伦文叙啦！"我说。

"如此才思敏捷，谁个不喜欢？"外公说道，"员外暗想，这个伦文叙非池中之物，不如早做打算，把爱女嫁与他，好令女儿有个终身依靠。"

"他想怎样？"我问。

"员外就跟八婶说。八婶起初不同意，说贫富悬殊。但员外一再恳请，八婶和文叙才得以同意。"外公说，"员外回到家，将情况讲与太太与女儿听。她们俩一听，是一个穷人家，就十分不乐意。女儿说不过父亲，就叫母亲说。母亲想着办法让丈夫退掉这门亲事，但员外就是不肯。"

"这不是拉郎配吗？为什么没有自由选择？"我问。

"自由婚姻是近代的事情，其历史不过百年，但父母之命、媒妁之言，却已流传了上千年。"

外公继续说："有一天，胡小姐与丫鬟阿秀出门，经过村口的大榕树，忽然阿秀远远地望见小木桥上有个人担着菜，往桥那边过去，阿秀便指着走过去的那人对小姐说：'小姐，这就是你的夫君伦文叙！'"

"卖菜仔，穷寒酸，谁稀罕？！"小姐噘着小嘴说道。

"不是呀，小姐，他才高八斗，老爷才下定决心的。日后伦公子高中状元，你就是状元夫人！"阿秀真心劝道。

"一个卖菜仔，谅他也不会发达！"小姐心里其实是有意中人，这个人就是母亲大人的外甥梁二官。梁二官的父亲在京城当大官，梁二官是个富家子弟，气宇轩昂，符合小姐的审美标准。对于伦文叙，小姐与母亲一百个不满意。母亲一心撮合外甥与女儿的婚事，女儿一心想与风流表哥成双成对，就是父亲也拿她们无可奈何。

外公讲述的主要是粤剧《伦文叙》中的戏文故事，这样的故事很对老百姓的胃口，让他们在不断品味伦文叙的爱情失败中得到"美好"的享受。

华胜先生的讲述是对称性的，当他讲述伦文叙的时候，接着就出来个柳先开；当他讲述糊涂小姐的时候，马上就出来个精明丫鬟。下面就是华胜先生开始讲述伦文叙的第十个故事，就是伦文叙的爱欲、欢乐与痛苦。

今天华胜先生是讲述粤剧里的戏文。

"这时，伦文叙从澜石墟用纸袋买米回来，半路就在桥头大榕树下遇见玲珑小姐与丫鬟阿秀。玲珑见伦文叙身世贫寒，顿时冷言冷语。伦文叙感到被侮辱，回家告诉母亲，要求退婚。八婶想来想去，毕竟贫家不与富家婚，她也有退婚之意，但不知道如何开口。"外公说。

"这么容易退婚吗？"我问。

"听古，不要驳古。"外公停顿了一下就说，"眼看就要到成婚的日子，也就是到赶考的日子。小姐的婚事已经被摆上了日程。这边母亲和小姐急得像热锅上的蚂蚁，梁二官也急了，忙派出媒人活动。"

外公继续说："所有的矛头与意见都汇总在员外那里，他实在顶不住了。就派出阿秀去伦文叙家催婚。这边，伦文叙吃过小姐的苦头，也眼见耳闻小姐的脾气，一百个不愿意。后来八婶转而一想，能找到一个像阿秀这样的女子做媳妇，就一百个满意了。于是八婶与伦文叙母子两人，想用阿秀换小姐。"

"这样成了吗？"我问。

"故事要慢慢听，不要心急！阿秀回去之后，将情况与员外讲了。可员外太太与女儿的态度，令员外实在为难。"

"最后，阿秀说：如果员外为难，太太有心将小姐许配给二官，我可以代替小姐，作为员外家的女儿，嫁给伦文叙。"外公说，"就这样，一出调包计，几个有心人，就促成了这段千古奇缘。"

"当然，这只是粤剧戏文中的故事，其实版本有很多，不同时期不同的人有不同的演绎。"外公补充说。

我的车上有这个光碟，我经常播放故事。总觉得，陈韵红饰演的阿秀，好像更有韵味。其韵味在于，她让人觉得，乐于助人者总得好报。伦文叙这个家伙，真是有福之人。

吴有莲临明末清初石涛（1642—约1707）作品（局部）

九、自强不息

伦文叙的故事代代相传。

华胜先生直接将故事传到外孙那里，外孙也已经开始传给学生了。外孙是谁？外孙就是我。逸洲先生又是谁？逸洲先生也是我！我的学生又是谁？就是小山同学。在小山同学面前我就是逸洲先生。逸洲就是我的号，我给自己起的名号。

逸洲先生算是个现代读书人，他读了古今中外的一些书，但最喜欢的还是读伦文叙的故事，听伦文叙的故事，看伦文叙的粤剧，审视伦文叙的思维习惯。逸洲先生还是一个退休人士。他刚退休，有许多时间研究伦文叙。伦文叙这个作业，仿佛是五十多年前外公就已经布置了，但逸洲先生仿佛一直以学业与工作为由而没有交卷，直至今天，他觉得如果还没有科研成果，没有听众，他就对不起外公华胜先生，对不起伦文叙。没有听众不要紧，要紧的是如果没有自己的研究成果，就这样浑浑噩噩过去几十年也不是个事儿。

说着听众，就来了一个，那就是对门的孩子小山。上个月小山刚完成拜师礼，不按旧礼，也不按新礼，出席礼仪的有五个人，包括学生的小孩梁智贤、学生的父亲梁北根、学生的母亲和逸洲先生的妻子。拜师礼没有收学费，按照逸洲先生与梁北根大厨的约定，梁北根只要不出差，每周做一餐正宗的顺德名菜当谢师宴作为酬劳。

逸洲先生最近有了一系列的文章，从多个方面论述了伦文叙的精神，主线索就是从广东人的精神这个角度去研究。他系统地研究了从六祖惠能到伦文叙，到梁启超，到郑观应等一系列的人物谱系故事，得出新时代的广东人精神谱系。逸洲先生想："苔花如米小，也学牡丹开。"这并不是伦文叙的原话，而是清代诗人袁枚的诗句。逸洲先生觉得，这是一句很玄妙的语句，它凝聚了许多老百姓的智慧，其中伦文叙的成功密码里面，就有这种骄傲、这种自信、这种厚德、这种开拓。

中国文明经历了五千多年的历史，薪火相传，它有不变的东西，例如自强不息、奋发向上的精神追求；也有微微调整、慢慢改变的风俗，例如一些地名与古字，也逐渐向简化方向转变，以适应老百姓的读写要求；还有约定俗成、将错就错，甚至一些模棱两可的东西。就如"黎涌"的写法，到了近现代，就慢慢写成"黎冲"了。后来地名固化，就不可再改回去，否则你去公安部门上不了户口，你去银行也取不出钱来。现在，大家都约定俗成叫"黎冲"了。

2022年，在佛山市禅城区澜石镇黎冲村有一座古桥，古桥边有一棵大榕树，大榕树下有一间古屋。屋主姓梁名北根，是一名厨师。他是广东名厨，在广东烹饪协会担任要职。他在北京开了一家顺德酒楼。

小时候，梁北根父母希望他读书成才，但梁北根不是读书的料，他一读书就走神。看到他没有读书的缘分，父母就不再逼他读书了，而是随着他的爱好去发展。"他不是喜欢进厨房吗？"爷爷说，"北根是个做厨师的料。"所以，他很早就当厨师，一干就是30多年，现在已经是名满京城的广东名厨，名利双收。

梁北根的父亲不肯搬离黎冲，而梁北根没有住在黎冲，他住在佛山的一个楼盘里。他住1188房，对面房间是1133房，两家其实是打对门的，他对面住着一位退休的人士，名叫逸洲先生。

逸洲先生是一位研究伦文叙的民间人士，也是一位语文爱好者，他在当地图书馆已经借阅了一万多本图书。有研究伦文叙的，也有研究歌德和狄更斯的，闲杂纷乱。起先，梁北根只是在家里宴请邻居，后来，随着逸洲先生讲的伦文叙故事越来越多，他也越来越喜欢听逸洲先生讲述的伦文叙故事。

梁北根老家就是伦文叙故乡，但是故乡已经没有一个伦姓人氏了，他们都搬到别处去了。他的儿子梁智贤是佛山市一间外语学校的二年级学生，按梁北根的要求，按照古礼拜了逸洲先生为师父。北根要给逸洲先生开讲课费，逸洲先生没有收。先生说，我的退休金是够用的，我没有必要收你们的钱。他想起自己的外公华胜先生，华胜先生向外孙讲述伦文叙的故事，收什么钱？现在，自己女儿在杭州公司从事互联网工作，收入挺高的，自己家庭没有经济负担，为什么还要收邻居的钱财？虽然不收，但是他喜欢品味梁北根亲手做的美味。那么他们说好了，双方只要一有空，逸洲先生就来品尝凤城名厨的手艺，权当梁智贤的学费。

梁北根一边品尝着产自潮州凤凰山大庵村茂哥的已经发黄起浆的十五年老米酒，一边对逸洲先生说："我看智贤这孩子是个读书的料，他将来是要到国外去读书的。我们一定要趁现在向孩子灌输一些我们的传统文化，让他走到哪儿都不会忘记根本。这件事就要拜托先生你了！"

"对，中国人讲中国故事，中国人讲孝亲敬老故事，中国人讲自强不息故事，中国人讲厚德载物故事。"逸洲先生如此说。

"智贤很少与人讲述他在学校的故事。"梁北根一边品味上等老酒一边说。

"老兄，你知道你儿子在学校的英文名字？"逸洲先生故作神秘地问道。

"不知道，他从来不讲。"梁北根说。

"一开始我问他，他不愿意讲，后来他偷偷地向我讲，他的英文名字是S—A—M，Sam。"逸洲先生说道。

"你知道香港有个许冠杰吗，他的英文名字叫Sam许。你儿子的英文名字与他一样，你儿子就叫Sam梁。"逸洲先生说道。

"不过我跟你儿子说我不喜欢Sam梁，我在这个名字的基础上又改动了一下，叫小山姆，简称小山。"逸洲先生继续说道。

"什么乱七八糟？小山？"梁北根道。

"这是我与他的秘密，现在已经讲给你听，你就装作不知道。"逸洲先生说。

"好，不知道，他自己起的英文名字迟早要见家长的。"梁北根道。

在逸洲先生的书房里，挂满了地图。逸洲先生收集地图，张挂地图，使用地图。逸洲先生喜欢钓鱼，他喜欢野钓。一看地图里的江河湖海，就知道哪里有鱼钓。再到现场察看，问询钓友，地点选择已经八九不离十。在一幅大地图底下，逸洲先生向小山讲述第一节课，主要讲述自强不息。他说：

"在中华民族的经典典籍中，有一本书叫《周易》，它是群经之首，其中第一句重要的话就是自强不息，它就是中华民族最重要的精神内核。"逸洲先生认真地说。

"《周易》是谁写的?"小山问。

"它成书于三千多年前,是周文王著述。"逸洲先生说。

"三千多年前的东西我们现在还能理解吗?"小山问。

"因为它是经典,而且历史上经过了许多人的注解论述,就像我今天向你注解伦文叙,今后你向你的子孙后代继续注解一样。"逸洲先生说。

"伦文叙身上有什么自强不息的精神呢?"小山问。

"举个例子吧,你知道伦文叙家庭贫寒,是个卖菜仔,但是他有志气呀,早年就立志,一定要读好书,将来要报效国家,也谋得自身的出息。子孙的书香繁盛。"逸洲先生说,伦文叙有一首诗,可以反映出他的立志与奋斗:

举目纷纷笑我贫,我贫不与别人同。

良田万亩如流水,茅屋三间尚古风。

架上有书随我读,樽中无酒任它空。

一朝拔出龙泉剑,斩断贫根变富翁。

"小山同学,请你来评点一下这首诗吧。"逸洲先生说。

"第一,伦文叙人穷志不穷。"小山回答问题有板有眼,他说了第一句,并不急着说第二句,而是看了逸洲先生一眼。

"好的,那第二呢?"逸洲先生说。

"交代了伦文叙的家庭环境,他家住茅屋,但他志存高远。先生你说对吗?"小山反问。

"对，还有吗？"先生问。

"斩断贫根变富翁，用的是龙泉剑，说明伦文叙有办法。"小山说完，就望着先生表态。先生心想，这也是个才思敏捷的小家伙，是可造之才。只读了一次，便能抓住重点。

"对，小山同学说得太对了。要自学成才，就不怕寒窗苦读；要踏上成功，就需要艰苦奋斗！"逸洲先生总结说。

"先生，我记住了。"小山说。

"见你回答得好，我送一个故事给你，你听了不用再回答我。"逸洲先生说，有一次，伦文叙上京考试，被几个富家弟子戏弄，不小心掉进水里，他随即吟出一首诗：

> 脚下踏船跳板开，天公赐我洗尘埃。
>
> 人人笑我衣衫湿，鱼在龙门跃出来。

见小山没有回答，逸洲先生再说了一个故事。"话说六祖惠能要离开湖北蕲州黄梅了，师父五祖弘忍送他到长江边，对他说：'让我渡你过江吧。'惠能立即回答师父说：'不用了，我自己渡自己。'此话一语双关，既是过江要渡船摆渡，又是自己的道行要靠自己修炼，就是回到中国人所讲的自强不息的哲学命题了。"

"六祖是最厉害的佛教大禅师吗？"小山问道。

"即便不能算最，他的思想至少在中国佛教史上占有重要的一席之地，他被视为佛教禅宗的真正创始人，而且从'自强不息'这个角度去审视，他真是中国历史上的一位能人，也是我们广东人的骄傲。"

十、鸿鹄之志

岭南五月雨水多，昨夜大雨滂沱，今天大雨依然。

早上六点的时候，逸洲先生和小山就出发去钓鱼了。

今天他们准备去金沙滩钓白条，但是天气情况不允许，金沙滩道路情况不佳，路上泥泞，于是逸洲先生临时决定改去洪仔餐厅吃午饭兼在餐厅旁边钓小红眼鳟鱼。

"红眼鳟鱼容易钓吗？"小山问。

"极易钓获，也极难钓获。"逸洲先生答。

"我在河边钓鱼，红眼在水面上到处横冲直撞，我只要在50厘米水面浮钓即可，随便抓一个苍蝇也可以钓获。如果用商品鱼饵，那就用多一点儿南极虾粉等腥料就可以了。"逸洲先生是个钓鱼人，小山就喜欢跟随。梁北根有空的时候，也跟随而去。但是，毕竟他有生意，空闲的时候不多。作为入室弟子，讲课不总是在室内进行，有些时候，课堂就在野外，甚至在钓鱼的时候。

今天，天气凉爽舒服，环境清新怡人。逸洲先生决定在钓鱼的时候给小山上一课，内容是"厚德载物"。

"你读过《易经》吗？"逸洲先生问小山。

"还没有。"小山回答。

"你知道'厚德载物'吗？"逸洲先生问。

"知道呀，爸爸妈妈带我去过清华大学夏令营。那个夏令营就叫'厚德'夏令营。清华大学的校训就有'厚德载物'的内容。"小山回答。

"不错，知道得比我多。"逸洲先生说，"那么，我就跟你说一说'厚德载物'吧！"

"我问过爸爸。爸爸说，这是做人的道理，要像地一样宽厚待人，承载万物，不求回报。"小山说。

"呵呵，那么五百多年前，伦文叙又是怎样做到厚德载物的呢？"逸洲先生问道。

"伦文叙自然也是谦谦君子、厚德载物了。"小山回答。

"现在留传下来的史料，说他'孝友出于天性，而与物无竞，善教子'。"逸洲先生说。

"也就是说伦文叙专心读书，不理别人许多闲事，专心致志在做学问，少理是非吗？"小山问。

"我讲一个例子：相传伦文叙小的时候，家里贫穷，没有什么好东西吃，要去卖菜谋生。"逸洲先生开讲。

"卖菜仔伦文叙，伦文叙卖菜仔。"小山插话说。

"每次他把菜送到粥铺老板那里的时候，老板可怜他年纪小，所以常常将一些剩下的猪肉丸煮了免费给他吃，后来他甚至天天跑到老板家吃粥。"逸洲先生说道。

"蹭饭蹭粥？"小山说。

"有时我也到你爸爸那里蹭一蹭。"逸洲先生说。

"爸爸说了，不是蹭，而是答谢小宴。"小山回答。

"估计年幼的伦文叙就是这样没被饿死的。"逸洲先生说。

"他是吃百家饭长大的？"小山问。

"反正长大后伦文叙高中了状元，就再来答谢老板。"逸洲先生说道。

"他来还饭钱吗？数目要计算很久才行。"小山说。

"算是答谢吧！"逸洲先生说，"衣锦还乡，答谢乡亲，答谢粥老板。"

"伦文叙应该有好办法。"小山问。

"他帮助老板起了一个很响亮的名字，就叫状元及第粥。"

"好生意？"

"门庭若市！"

"这也算报恩？"

"知恩图报，厚德载物！"

"那我今后中了状元，给老师您许多及第粥！"

"好，我等着！"

"先生，我们明天去什么地方钓鱼？"小山问。

"去馒头岛。"逸洲先生回答。

"那里有什么鱼钓？"小山再问。

"有什么鱼钓什么鱼，这个季节就钓钓河豚吧！"先生说。

小山念了一首苏东坡的诗：

竹外桃花三两枝，春江水暖鸭先知。

蒌蒿满地芦芽短，正是河豚欲上时。

"东坡先生有鸿鹄之志吗？"逸洲先生问。

"他这个人，乘兴而来，随性而去，率性而为，是个好人，好像没有什么大志向。"小山回答说。

"谁说的？"

"爸爸说的。"小山回答，"不过，爸爸还说，他是一个美食家，会适时而食，河豚不美味吗？"

"是美味，也有剧毒，他们拼死食河豚。"先生说，"东坡先生暂且放于一边，我们今天的主题是志向。"

"志向？伦文叙有什么志向？"小山问。

"他自幼家贫，但有鸿鹄之志。"先生回答说，我还从那首诗说起：

举目纷纷笑我贫，我贫不与别人同。
良田万亩如流水，茅屋三间尚古风。
架上有书随我读，樽中无酒任它空。
一朝拔出龙泉剑，斩断贫根变富翁。

"这首诗，先生您不是在自强不息的故事里讲过了吗？"小山问道。

"好诗不怕经常回读品味！"先生回答。

"好的味道也要经常品味！"小山说道。

"谁说的？"

"父亲大人说的。"

逸洲先生对着小山说，那我再读一首诗给你听：

> 潜心奋志上天台，看见嫦娥把桂栽。
>
> 偶遇广寒宫未闭，故将明月抱归来。

小山笑着说："先生，这首诗啊，我做梦都会背诵了！"

"那好，你就连着两首诗解释一下。"

"解释就解释，我不会怕。"小山说道，"先说这首潜心奋志诗，它是伦文叙立志刻苦用功的写照，人穷志不穷，人小志向高。他不单志向高，而且目标明确，就是蟾宫折桂、抱月而归，既有对功名利禄的积极向往，又有对美好爱情的热烈追求，容易引起人们的共鸣。"

"你自己的想法，还是谁教的你？"先生问道。

"是父亲大人教我的。"小山说道，"他说了，美食之道也是如此，要兼顾雅俗。但我觉得，伦文叙的口味是不是偏俗了点？"

"你可以这样想，你有保持自己思想的自由。"先生回答，"如果今后你出国留学进修，更要思想解放。"

"至于第一首诗，它是比较口语化，这也是伦文叙的语言风格。茅屋疏风、家无长物，他却心胸广阔、意境深远。"小山继续回答道。

"这个又是谁教过你的？"先生问道。

"母亲大人教的，因为上您的课，她就做了一些准备。她以前老是带我去上培训课，搞得我晕头转向。后来父亲大人说，到四年级的时候，就要将所有课都停了，除了您的课程。"小山回答说。

"我的课程好上呀，钓钓鱼，讨论讨论，这就过去了。"

"对，父亲大人也是这样认为。他认为，玩很重要，但他没有空，还说您退休了，我可以在周六陪您去钓鱼；他工作忙上不了您的课，就请我代他来上，并向您致谢。"小山说完就行了一个拱手的古礼。

逸洲先生哈哈大笑曰：

潜心奋志上天台，故将明月抱归来。

…………

十一、耕读传家

通过跟随逸洲先生学习的深入，小山了解了一些东西，但对另外一些东西却十分迷糊，于是他问先生："伦文叙一家好多人考中进士。进士是什么？"

"古时候的科举考试分几级，最低一级叫乡试，考中的就叫举人，乡试第一名就叫解元。"先生说。

"那第二级呢？"小山问。

"第二级就叫会试，考中的就叫贡士，会试第一名的被称为会元。"先生回答。

"第三级呢？"小山不解。

"第三级是殿试，过关的人就是进士，殿试第一名就是状元了。"先生回答说。

"第三级是最高级吗？"小山问。

"对呀，第三级最高呀，一般来说，殿试都是由皇帝亲自主持的；第一级最低，一般是由地方官员负责的。"先生回答。

"什么又是连中三元呢？"小山问道。

"连中三元就是连续取得解元、会元、状元了，就是全国最有名的大才子了。"先生回答道。

小山停顿了一会儿，提出了一堆问题："什么又是大三元、小三元、大相公、小相公呢？"

"呵呵，这些东西是你爸爸打麻将时用的，什么乱七八糟。他们将科举考试的东西套在麻将台上了，那些不是科举的事儿，那是打麻将时用来计算的东西。"先生摸着小山的头，笑着回答道，接着他才正式进入讲课的主题，"今天一课的主题是'耕读传家'。"

"这是伦文叙一家的家风吗？"小山问。

"对，伦文叙三个儿子，皆学有所成，考取了功名，他曾对儿子说：'我们家主要靠读书取得功名，所以不能偷懒。'"先生说道。

"他家是'一门四杰'，谁都难以超过他！"小山说。

"对呀，所以皇帝御赐了一个牌匾给他们家，叫'中原第一家'。"先生说。

"中原第一，不就是全国第一吗？"小山问。

"意思是这个，不过用语有些差别。"先生回答。

"还是请先生多讲一讲耕读传家好吗？"小山问道。

"古时候，有些家庭，他们都打出耕读传家的招牌。他们认为，万般皆下品，唯有读书高。以伦文叙一家为例，无论是伦文叙，还是伦文叙的夫人，抑或是伦文叙的儿子，他们都知道，本家庭没有祖产，没有资本，无论做小商业小生意，还是耕种农业，最终都是以读书为根本出路的。所以人人都要努力攻读，进京赶考才是唯一的正确出路。"先生回答说。

"那么他们家的女儿呢？"小山问道。

"古代重男轻女，女儿没有资格去考取功名，男儿可以。"先生回答。

"我们班，女孩子比男孩子聪明；姐姐的班，女孩子比男孩子聪明；我们家，妈妈是学霸，爸爸学习成绩不好才去做厨师的。"小山快言快语。

"谁说的？"先生特别问起他爸爸妈妈的事。

"外公说的！"小山说道。

"现在新社会，讲究男女平等，宣传妇女能顶半边天，不单半边，比半边还多，特别是有些时候、有些地方，女孩子甚至超过男孩子。男女平等，男儿们也当自强。小山，你要自强不息才是！"先生说道。

"我也要耕读传家！我一定自强不息！我一定超过妈妈和姐姐！"小山说。

"一定的！有志者事竟成嘛！"先生赞赏地说道。

"伦文叙是哪一年出生的？"小山问道。

"1467年。"先生回答。

"伦文叙又是哪一年考中状元的？"小山问道。

"1499年，即弘治十二年。考中状元的时候，他33岁。"先生回答。

"伦文叙又是什么时候去世的？"

"1513年，时年47岁。"先生回答，"你想问的核心是什么呢？"

"第一，在我看来，他考中状元的时候年龄也不小了，还算神童吗？第二，他比较早就去世了，他长寿吗？第三，他辛辛苦苦考状元，考中之后，做官的时间才14年，划算吗？"

"这个问题，我倒没有想过，容我想一想。"先生想了一下，说道，"第一个问题嘛，关于神童什么的，主要是指伦文叙少时天资聪明，使他能从乡间小孩走到天子脚下，成为状元。从这个角度说，他是神童，并不为过。第二个问题嘛，他32岁考中状元，算晚吗？也算也不算！伦文叙因为家穷，早年失学，是耽误了一些时间，但是他通过勤奋苦读，自学成才，我们应该从这个角度去讲，不应该求全责备才是呀。至于第三个问题，古代由于物质条件、医学条件都没有现代发达昌明，而且处于农业社会的阶段，不能用现在人均预期寿命接近80岁这样一个标准去衡量。在伦文叙的那个时代，就算许多皇帝的寿命也只有30多岁，弘治皇帝亲自录取了伦文叙当状元，他是37岁的时候去世的；正德皇帝是伦文叙的学生，他30岁就去世了。许久之前人们就知道，放纵欲望会折寿，所以皇帝一般不长寿。这个问题比较复杂，我们以后再讲。关于年龄，按现代人的计算，是按足龄的；如果按古代计算，天加一岁，地加一岁，那么就加了两岁，是按虚龄计算的，是有一些区别。"逸洲先生耐心地说，他觉得很欣慰，因为他的学生从一个角度提出了刁钻古怪的问题，好让他动了一番脑筋。

"啊，还有一个问题，就是14年的工作时间问题嘛。我们现在讲自强不息，讲男儿当自强，不管14年还是1年，都要努力。另外，通过伦文叙的带头，才有他儿子们的通达，这就叫薪火相传啊！"

"先生说得对，我记住了！"

"还有什么问题吗？"先生关心地问。

"一大堆！"学生答。

"好，不急，慢慢问吧。"

"我现在关心伦文叙上京赶考之路。"

"就交通来说，他既走水路，又走陆路。"

"骑马？坐船？步行？"

"那个时候，进京赶考，既骑马又坐船还步行。他可以从广州出发，沿着北江而上，到达南雄，翻越梅关古道，进入江西大余县上船，船沿着众多的水系进入赣江，抵达吉安、南昌水域，入鄱阳，再顺长江而上，进入京杭大运河，再北上。"先生仿佛沉浸于那个漫长的旅途。

"梅关古道，去年我爸爸妈妈带我去过。春节的时候，梅花开得超靓。"小山说。

"宝剑锋从磨砺出，梅花香自苦寒来！"先生摸着小山的头说了一句一语双关的话，"你要踏上成功路，这条路一定要走。"

"梅关古道谁开凿的？"小山问道。

"唐朝南粤名相张九龄，他是一位诗人，写下了'海上生明月，天涯共此时'的诗句。他还是一位大官。他向朝廷奏请开凿沟通广东与江西的一条大道，方便了商旅通行，更成为后世广东士子进京赶考的一条'高速公路'。就是不知道伦文叙来到此地有何感想。"

"进京赶考辛苦吗？"

"辛苦算什么呀，进京赶考首先就考这种精神。中华民族生生不息，进京赶考就代表了其中一种精神，民族振兴需要这种精神。"先生点明了主题。

"家庭振兴、家族振兴也要这种精神！"小山说。

"对！讲得太对了！"先生表示赞同。

逸洲先生决定为小山讲述伦文叙的苦学精神，也就是手不释卷的故事。这个故事很好理解，早年伦文叙因为家贫，曾经失学了一段时间，伦文叙父亲知道儿子是一块读书的料子，但家庭却没有读书的底子，因为已经揭不开锅了。

逸洲先生很快就发现，小山根本不是不勤奋读书的问题，而是问题的反面，即用功过度。他曾经思考过伦文叙不长寿的问题，而且小山也问过这个问题。昨天他还拿不准，也不敢直接向小山回答。是什么呢？就是伦文叙早年可能存在用功过度的现象。对于这个问题，尽管过去了500多年，历史上很少有人去认真研究，但逸洲先生还是觉得，自己应该做一个严肃认真的研究者。梁北根大厨没有空闲管理和教育儿子，就把儿子托付给自己进行管教。自己既要对委托人负责，也要对孩子的终身负责呀！所以不能只管猛催猛促，而是应该循着合理的节奏，为其终身的学习和幸福而负责，既希望小山能有伦文叙这样考取状元的冲劲，也希望小山能够具有像吴良镛先生一样长寿的学习工作生涯。

吴良镛是谁？因为逸洲先生每天都阅读《人民日报》，他曾在2022年4月30日第4版上阅读了一篇关于建筑学家吴良镛的通讯，而第二天就是五一国际劳动节。这位吴良镛先生到5月就将迎来100岁的生日。逸洲先生在自己的学习笔记本上抄了一段，以对冲研究的这些明朝人不长寿的苦闷，也作为下一步研究的参考资料：

人民日报

2022年4月30日第4版

吴良镛

行万里路

谋万家居

2022年5月

他将迎来100周年的生日

他每天工作十小时甚至更久

常常三时多就起床工作两小时

稍事休息又准时上班

每天清晨和傍晚

人们总能看见

这位白发苍苍的学者

拖着装满图书资料的拉杆箱走过清华大学的校园

逸洲先生就在课堂上，将这段话用手机微信发送给小山，让小山作出回答。他还问小山："你对吴良镛先生的苦干与长寿如何理解？"

到五一节了，

吴良镛先生的故事就是奉给劳动者最好的礼物。

他就是我们的榜样！

小山响亮地回答。回答之后还不忘回问了一句：

"先生，可以这样回答吗？"

精彩！

Great！

逸洲先生深知自己的英文底子并不好，但他仍然努力地拼出了这两句互相对照的简易的中英文。

扫码查看
☑ 配套插图
☑ 科举趣事
☑ 状元趣话
☑ 科举文化

十二、百姓丰碑

"什么叫人杰地灵？为什么不叫人灵地杰？"小山问道。

"这个问题问得好，早年我也想问老师但没有问成，现在我还未想得很清晰却要回答你的提问。"先生说道。

"伦文叙的故乡黎冲村就是一个人杰地灵的地方。"先生说。

"为什么呢？"小山问道。

"伦文叙所在的时代，再向上追溯五百多年，这里就产生了另一个状元，他就是广东历史上第二个状元简文会。"先生说道。

"这回状元又姓简了？"小山问道。

"俗语说细姓大官，世间许多大族世家能出猛人，世间也有一些人少的姓氏也能出将相王侯。在伦文叙之前的五百多年前，黎冲村也出了一位状元，简文会状元。"

"五百多年前？"小山问道。

"伦文叙在明代，简文会在五代十国，具体地说是南汉乾亨四年。"先生回答。

"乾亨四年？"小山问道。

"即公元920年！按照古历计算，是南汉刘常戊寅进士科状元。后来他官做得很大，官至尚书右丞。"先生回答。

"他幸福吗？"小山问道。

"不知道。"先生回答。先生也没有想过一千多年前的一个状元的幸福问题，他连"自己幸福吗"这个问题也想得不清楚。中华民族正在复兴中，这是一个新的时代，但是眼前却有许多的烦恼，所以不知道如何回答这个问题。而且先生觉得，提出问题的那个人可能是一个通达的贤人，也可能是个爱说梦话的痴人。

"先生，我有一个问题，简文会做官做得顺利吗？"小山问道。

"也做得很累。他呢，见到皇帝暴戾无常，心中很是苦闷。他去劝谏，却触怒了皇帝，被贬为祯州刺史。"先生回答。

"为什么好人总是得不到好报？"小山问道。

"时代就是这样一直向前，即使是弯弯曲曲地向前，也总是向前的。对于简文会而言，他有政声。他自己幸福不幸福我不知道，但我知道，他能为民造福，在老百姓的心目中，他是个好官。能够流芳百世，不就足够了？"先生回答。

"他就是伦文叙的榜样！"小山说道。

"对，他是榜样，也是我们的榜样！"先生附和道。

"还有一个问题，庶吉士是什么呢？"小山没头没脑地问起这个问题。

"进士分三甲。一甲三人，赐进士及第；二甲若干人，赐进士出身；三甲若干人，赐同进士出身。一甲第一人，授翰林院修撰，第二、第三人授编修。二、三甲均授庶吉士。明朝、清朝是科举制高度成熟发达的时代。殿试及第的进士还可以参加一次朝考，及格者可进入翰林院做庶吉士。庶吉士是一种高级进修生，在翰林院修习三年，结业后可在翰林院任编修、检讨等职，由此可获得'翰林'资格。明清逐渐形成一个惯例：非进士不入翰林，非翰林不入内阁。经庶吉士而为翰林，就有希望进入内阁做大学士，所以庶吉士就是未来的宰相人选储备。"先生回答。

"先生，什么叫报恩？"小山提问。

逸洲先生心想，就是苦学的目的问题。于是逸洲先生用伦文叙的对联来回答学生提出的问题：

君恩臣必报，父业子当承；
门对千竿竹，家藏万卷书。

逸洲先生继续说："伦文叙的对联成就，是他在生活中不断积累素材，特别是在日常积极为老百姓解决生活中的文化情怀问题。无论是哪个时代，追求幸福美满都是老百姓的梦想。伦文叙为老百姓实现这个梦想提供了许多理想追求与行动方案，这就是伦文叙的伟大之处，它体现了伦文叙精神。"

"伦文叙精神？"小山问道。

"就是自强不息的向上精神，就是厚德载物的宽容精神，就是敏于行动、诚信待人的谦虚与求实精神。"先生回答。

"那不是《易经》里所说的精神吗？"小山问道。

"自强不息和厚德载物是《易经》所倡导的，但关于行动、诚信及其他方面，伦文叙都有新的内容与新的实践。就像村口那棵大榕树，它扎根乡土，它长寿，它富有生机，它体现着顽强与坚持。重要的是，它护佑着村落。"先生回答。

"为什么伦文叙的文章我们很少见，而伦文叙的对联我们却反复咏诵？"小山问。

"对于长篇大论的巨著长文，老百姓不容易有感觉，但对于与他们息息相关的生活理想与幸福追求，却是每天都在面对。伦文叙的出现使他们有了一个很好的情感出口，所以伦文叙就成了一个符号，一个老百姓梦想追求与行为方式的窗口。对于伦文叙的对联绝句，老百姓喜欢得不得了。于是，珠江两岸的粤剧，不断地上演伦文叙的传奇故事，不断传诵伦文叙的传奇故事，不断讲述伦文叙的上进精神。但是他们可能忘记了，伦文叙46岁就离开了人世。他们觉得，伦文叙永远年轻，永远像是邻居家那个刻苦自勉的好孩子。伦文叙的老婆应该贤淑端庄，伦文叙孩子应该也有功名，就像他们对自己的儿女、自己的孙儿的期望一样。"先生回答。

"老百姓认为'万般皆下品，唯有读书高'。他们希望通过读书改变自己家族积贫积弱的局面，认为这是一本万利的好出路，所以伦文叙的故事就在他们的这股情怀驱动下变得越来越传奇了。关于伦文叙的电影、电视、粤剧就有越来越多新鲜的内容，历久弥新，越演越精彩。"先生说。

"先生的课也是越讲越精彩！"小山说道。

"你学会拍马屁了？我好像没有教你这一招？"先生问。

"父亲大人说，从善如流，这是一个名厨基本的职业要求。不过，我倒觉得伦文叙像一个人！"小山说道。

"像什么人呢？"先生问道。

"像六祖惠能。先生您说像吗？"小山说道。

"如何说起呢？"先生问道。

"六祖有不经师父提点而自己悟道的本事，这是大厨爸爸对我说的，是那年我跟爸爸妈妈去六祖惠能故里游览时他说的。"小山说道。

"对，你爸爸说得对。六祖著有《坛经》。他们这一派，提倡人人都有觉悟之性，'即心是佛'，讲究顿悟，'见性成佛'。于是从六祖惠能开始，禅宗就教人不要执着于念经、布施、累世修行，只要求主观上有觉悟，提倡'心修'，是一种'智慧观照'的新禅法。"

"这和伦文叙自学成才有关联吗？"小山问道。

"可以说有关联，也可以说没有关联，但无论怎样说，都使得思想更加解放，行动更加自由，信心更加充足，效果更加明显。"先生回答。

"先生，那不是更加平民派了吗？"小山问道。

"对，如果没有对联皇帝朱元璋的鼓励，如果没有这样平民派的精神，伦文叙就可能走不到状元那个位置了。"先生回答。

"伦文叙有什么著作？"小山问道。

"《迂岗集》十卷。"先生回答。

"我找不到啊。"小山问，"先生你这里有没有？"

"要去广州的省立中山图书馆找一找！"先生如实回答。

"好像不是很流行？"小山问。

"伦文叙的故事是让人越听越有味。"先生说道，"但是，伦文叙的真正的策论文章和诗集，就只有专业的人员才有耐心安静下来研究，一般老百姓可就没有这个心神了。看来，我得更努力一点儿才是，谢谢你提醒了我呀！"

"策论是什么意思？皇帝为什么不喜欢伦文叙的策论？"小山问。

"策论就是皇帝面试试题的对策回答。例如殿试就有一个问题要伦文叙作答，那么伦文叙或者书面回答，或者当面口头回答。无论怎样回答，都是最直接和最短兵相接的。可能就剩下两个人，在二选一的面试中，要看其论点、论据和逻辑思维能力，要考查其政治、经济、文化等知识和相关综合能力，这个要求是实战的，是真刀真枪的，是一刹那的，是不容你返工的。总之，是最后的裁决，是最终的结局。"先生回答。

"当时策论皇帝问什么，伦文叙又如何回答？"小山问道。

"伦文叙是否像先生您老人家一样，讲了一些很深奥难懂的东西，让皇帝感到困惑？"小山毫不客气地说道。

"呵呵，你是嫌我讲课不明白？"先生问道，"还是想怎样？"

"不是，可能是我一时还未明白！"小山退了一步。

"后来，伦文叙当了正德皇帝的老师，教导正德皇帝功课。而偏偏这个皇帝，是中国历史上一个很有个性的皇帝。我这样说是比较客气的说法。一些人干脆说，正德皇帝是一个混账皇帝，是一个坏皇帝！"先生回答。

"正德皇帝经常激怒先生？伦文叙生气吗？"小山问道。

"伦文叙充任经筵讲学官，还充当了右谕德、翰林院侍讲等职。"先生没有正面回答。

"他讲课怎样？讲得比先生您好吗？"小山问道。

"不能这样比喻，我没有那个水平，你小子也不用擦鞋（拍马屁)。"先生嘴上不悦，心里倒是很受用的。

"伦文叙同皇帝学生讲了什么？"小山问道。

"他讲'舜有臣而天下治'，语多规劝。"先生回答，"后来伦文叙还奉命修玉牒了。"

"玉牒是什么？"小山问道。

"玉牒就是皇帝家的族谱，古时的人很重视修族谱。"先生回答。

"后来呢？"

"后来伦文叙还担任了顺天府主考官。"

"顺天府在哪里？"

"就在南京地区。"先生说道，"伦文叙当年就死在任上，算是鞠躬尽瘁、死而后已了！"

"是被学生气死的吗？"

"不能这样说！不要胡言乱语！"

"伦文叙就没有缺点毛病吗？"小山突然冒出这个问题。

"金无足赤，人无完人。这句话放之四海而皆准！"其实先生是不愿意多讲伦文叙的毛病，他还是认真地回答学生这个刁钻的问题。

"伦文叙真是有许多毛病吗？"小山问。

"不长寿就是其中一个问题。"先生回答。

"先生，这个问题不是已经讲过了吗？"小山问道。

"你重复地问，但答案是一样的，我不愿意多讲这个问题。你自己慢慢去领悟吧！"先生回答。

"不长寿这个问题说明什么呢？"小山问。

"伦文叙不长寿，放在明代的时候，他是不算长寿的。"先生回答。

"先生，没有对照和依据呀！"小山大声说道。

"对的，我们讲长寿科学的研究，现在我们一般认为，要长寿，我们要注意一些要素。"先生回答。

"什么要素呢？"小山不解。

"一是人际关系。去到北京那个地方，伦文叙原来的读书及心理准备就不足了，原以为北京是天堂，是月宫，是美妙无比的地方。谁知道那里压力更大，各种压力汇聚而来，京城谋食不易呀。当伦文叙是卖菜仔的时候，他羡慕在京城里生活的人；等他去到京城生活的时候，他又觉得当卖菜仔时自由自在，那个时候多好多自由，京城里真是身不由己了。"先生回答。

"第二呢？"小山紧追着问。

"性格问题。伦文叙比较要强。但京城里的人，比伦文叙要强的人比比皆是，皇帝就很要强。我教你念书已经很头疼，我要对你父亲大人负责；伦文叙就更头疼，那个学生皇帝是一个很不省油的灯，让人头疼的，不好教呀！"先生一语双关。

"第三，太过劳累了，心太累。"不等学生追问，先生回答。

"第四，适应环境出了问题，以前自由自在，现在卷入了各种不适应之中。这种东西，以前书里一点儿也没有，但是现在什么东西都来了，没有人请教，没有人可问。"先生继续说道，"第五，伦文叙改变不了这么多，所以苦闷彷徨。"先生一口气地说，"我们有句老话是这样说的：不要'睫在眼前人不见'，需要'拨开云雾见青天'。总之，今后随着你的学问不断增加积累，你自己要学会提问题，自己找答案。"

吴有莲临明末清初"八大山人"朱耷（1626—约 1705）作品（局部）

十三、婚姻家庭

"先生，伦文叙家里都有什么人？"小山问道。

"伦文叙有两位夫人。"先生回答。

"为什么他有两位夫人？"小山问道。

"时代不同，明朝的时候可以一夫多妻，伦文叙有两位夫人，也属正常。"先生回答。

"伦文叙夫人是顺德陈村镇厚街区氏，侧室是邝氏。伦文叙和两位夫人共育有11个孩子，其中五个儿子六个女儿：大儿子以谅、二儿子以训、三儿子以诜、四儿子以诺、大女儿以琼、二女儿以瑶均出自区氏。五儿子以谔、三女儿以珊、四女儿以瑚、五女儿以琳、六女儿以琅均出自侧室邝氏。"先生回答说。

"是真的吗？"小山问道。

"有真有假。"先生老实回答，"这个事情嘛，11个儿女，书上有记录，具体名字，中进士的那几个儿子，名字俱实，其他人嘛，你就当是小说故事听罢了！"先生回答。

"伦文叙跟谁最亲？谁又对他影响最大？"小山问道。

"在伦文叙成长过程中，有两位重要的女性，对他影响至深。第一位是母亲梁氏，她本是大族人家的女儿，但出身并不尊贵，也是穷苦人家。她的娘家是顺德石礁村的梁氏，明代的时候，石礁村属于顺德县域，现在属于南海区。由于行政区域不停地变化，现在这个村已经属于佛山市管辖了。梁氏是当朝太师梁储的族人，属于侄女的辈分。梁氏自嫁给伦文叙父亲之后，就叫八婶。八婶相夫教子。后来丈夫去世，八婶就独自抚养伦文叙，为他的成长呕心沥血。对伦文叙成长有重要影响的另一位女性，就是他的夫人区氏。据考证，她是顺德陈村潭村厚街人士，是一位大户人家的小姐。她的父亲九叔看中伦文叙的才华，执意要将千金小姐嫁给伦文叙。在女儿出嫁的时候，给了一大笔嫁妆，好让小夫妻度日，并帮助女婿专心读书，博取功名。这个事情在那个年代，是很容易让人理解与接受的。"先生讲道。

"区氏是小姐，她可有丫鬟？"小山问道。

"区氏有一位丫鬟，是作为陪嫁丫鬟从区家一齐到了伦家，她就是邝氏。在嫁给伦文叙三年之后，十八岁的邝氏由小姐也就是伦文叙夫人区氏做主，嫁给自己的夫君伦文叙作为侧室，又给这个家庭增添了一男四女。"先生平静地回答。

"那伦文叙可以生许多儿子了？"小山问道。

"伦家传到伦八，他家里只剩下伦八一个，其余都没有了记载。至于伦八中的'八'，也只是族中排名。而伦八传到伦文叙时，伦文叙也是一个，伦文叙没有兄弟，也没有姐妹，只是一个，也没有其他的记载。自从伦文叙娶了区氏夫人和邝氏夫人之后，一共生育了11个孩子，一下子给这个两代单传的家庭增添了许多甜酸苦辣。"先生觉得，这下学生应该是满意的了。

"丫鬟又来自哪里？"小山问道。

"戏文中有道，陪嫁丫鬟邝氏，原是肇庆西江人士，她出身贫寒，父母生活过不下去了，就将她卖给顺德陈村一户姓区的人士做丫鬟。那户姓区的人家，有一位小姐比她大三岁，邝氏就做了她的陪嫁丫鬟。"先生回答。

"小姐对丫鬟好吗？"小山问道。

"一位是小姐，一位是丫鬟。两人情同手足，陪护着成长。直到小姐18岁出嫁，15岁的丫鬟也一齐陪嫁过去。等到邝氏18岁的时候，又由小姐做主，将丫鬟嫁与伦文叙，两人从此以姐妹相称。丫鬟叫小姐做姐姐，小姐称丫鬟为妹妹。"先生回答道，他羡慕起古人的朴素情谊来。

"区氏出嫁的时候，嫁妆多吗？"小山问道。

"区氏出嫁的时候，娘家就备了丰厚的嫁妆。娘家有许多兄弟在广州做生意，她将一部分的钱入股到兄弟那里，还在广州买了铺位，一起做起了进出口生意。生意还很红火。生意稳定，伦文叙从此可以安心读书，一门心思攻读学问，从此不再受贫困之苦。"

"区氏很厉害吗？"小山问道。

"区氏是一个倔强的女子，别人劝她，如果家庭困难就回去找父母，一定能得到更多的资助。但她就是不肯，她回答说，在她出嫁的时候，父母已经给了足够的嫁妆，家中还有兄弟，他们也要过日子。而且，更重要的是，相公也要面子的，如果她一味回娘家拿东西，相公面上就无光，日后只能低头做人，就会在世人面前抬不起头来。"先生回答。

"区氏聪明吗？"小山问道。

"区氏是一个聪明的女人，她变卖了父母的一些嫁妆，在广州城买了两个商铺，以商铺的租金支撑了这个日益庞大家庭的开销。特别是随着这11个孩子的长大，商铺的作用可大了。"先生回答。

"伦文叙传奇很多，他还有什么传奇吗？"小山问道。

"有啊，伦文叙嫁女，出手不凡：他将四个女儿一起嫁与同一个人，就是当朝太师梁储的孙子梁晨。"先生微笑着说道。

"呀，怎么可以这样呢，这不是犯法吗？"小山问道。

"我们现在的法律是不允许的，但在古代可不一样。我们不能用现在的观点去苛求古人，也不能用现代的法律去苛求古人。毕竟，历史之所以为历史，它当时就是那个样子的。"先生回答。

"不苛求？合理性？"小山不解了。

"故事是这样的。话说伦文叙中了状元之后，就住在北京。有一年，伦文叙带着邝氏，还有邝氏生的四个年龄较小的女儿住在北京。而区氏带着其他孩子住在广州。有一天，是太师梁储的生日，作为同乡和远亲，伦文叙带着邝氏和留京的孩子们过去贺寿。当晚，伦文叙一家就住在梁家。伦文叙与邝氏住一个房间，四个女儿住在另一个房间。女儿们的房间与书房相连，晚间，当四个女儿都睡着的时候，梁储的孙子还在书房看书呢。四个女儿住的房间蚊帐不小心被火点着了，当火烧起来的时候，梁晨闻到烧焦味，立刻冲了进来，帮助灭了火。"先生说道。

"后来呢？"小山问道。

"后来区氏从广州回到北京，听到这件事，也知道没有人伤亡，但是梁晨救助四姐妹的故事却萦绕在区氏的脑间，她就对伦文叙和邝氏说起这件事。后来，由她做主，把这四个女孩子，一起嫁与梁晨，亲上加亲。"先生回答。

"可以这样的吗？"小山问道。

"古时候，父母之命，媒妁之言，一言九鼎。小山，你想不想，请你妈妈来为你找一个？"先生笑着问道。

"不用了！领受不起！太麻烦了！"小山回答。

　　明正德八年（1513）早春，伦文叙感到自己身体越来越差了。这一年，伦文叙任应天府乡试主考。应天府就是今天的南京及附近地区。他在南京，妻子区氏在北京带着以谅、以训及以谅的孩子，邝氏则在广州带着应考的另一班孩子，三个地方相隔。他在乡试开考之前给妻子儿女们写下了一系列的信。下面选取致妻子区氏，致儿子以谅、以训和女儿以琼四封信。先选取伦文叙致妻子区氏的信：

　　贤妻：

　　　　最近我感到身体越来越差了。所以有一些话儿要交代一下。

　　　　一曰感激上天。我想告诉你，上天待我不薄。感谢老天爷，将你和贤妹赐予我。我没有舜的贤能，却有舜之福气。舜有娥皇女英，我有你和贤妹。当初我见到你的时候，觉得天宫上的月儿是那么明亮，是那么皓洁动人。你是月宫里的嫦娥，落在人间落在我家；贤妹是嫦娥的妹妹，常陪伴着我的左右。你们是千里的婵娟，从东坡先生的诗词中走出来；你们是深藏于大海的珍珠，相伴而来，像翩翩鹤仙，我只要握一握你的纤纤玉手，就胜却瑶台仙山。记得在厚街村祠堂学馆的莲池边，我与你初见，你脸颊上泛起了两朵红云，映衬着碧绿的荷叶，将我看晕了。

还记得皇帝殿试的时候，我写过一首诗："潜心奋志上天台，看见嫦娥把桂栽。偶遇广寒宫未闭，故将明月抱归来。"其实，别人不知道，你应该知道，这首诗是送给你的。你就是我的嫦娥天仙啊。如果没有你，我什么也不是！

二日感激你还将贤妹带来。如果不是你们，何以给我这个两代单传的家庭带来了欢笑？何以带来兴旺的人丁？我实在不知道讲什么好，只好加倍地感激你和贤妹了！你们都具有水的优秀品质，这些品质能让云浪翻滚，能使溪水丰盈，能使江河延伸，能让大海浩瀚，能让田野葱绿，让我永得安宁！

三日诗书传家。我们家是耕读传家。虽然皇恩浩荡，但是我们自己，永远也要记住刻苦攻读，这是任何时候都不能忘记的。我相信你一定不会溺爱孩子孙儿，一定能继续督促孩子们读好书。还有一些孩子，他们可能不是读书的料，但也要积极学习，终身学习才是。须知道，行行出状元。贤妻，不单要让孩子们知道学习的重要性，还要让他们从小就有"知识甜蜜"的观念！

四日女孩子也要读书明理。在我们家，女孩子也要读书的，女孩子也要以你为榜样的，为将来成为知书达理的好母亲而积累智慧与经验，不能放任她们错过读书学习的好光阴。虽然现在她们还不能参加科举考试，但是也要学习必要的知识与技能。将来一定能派上用场的，至少女人的教养与知书达理在很大程度上影响儿女们的成长与品行。其实让她们读书并不难，让她们一齐参加男孩子们的学习就是了。等到长大后，男孩子该去参加科举就去参加科举，女孩子该结婚嫁人就结婚嫁人。

五曰知恩图报。皇恩浩荡恩泽我家，让我家感激不尽；梁太师既是我母亲大人的外祖前辈，也是我的救命恩人，如果没有他，我可能就在狱中被奸人所害；舅父振兴是我们家的恩人，将我们从困境中带出黎冲村，带到安全广阔的境地；普照大师也是我的恩公，是他带我入室教我诗书经典，才得以继续学业，只可惜他老人家已经仙逝，无以报恩，唯有将感激久存心间。

六曰托付与你。整个家庭，你是支柱，贤妹听你的，孩子们都听你的话。其实我不用太担心，只是心里有话，不说出来不足以安心啊！

贤妻，我是多么希望执着你和贤妹的手，与你和贤妹白头到老。但是，世事难料，不如意的事常有。我只能说，贤妻啊，拜托了！

问安！

夫君文叙启

正德八年（1513）早春

明正德八年（1513）早春，伦以谅收到父亲的一封来信：

谅儿：

春天虽然到来了，但是感到寒冻。京城是秋风扫落叶，但在我们乡下，倒是春风扫落叶。北方是季节一到，老叶就要掉落；南方则是新叶要出来了，老叶就要让位！

作为农业生产来说，春天是播种的好时节，但对于人来说，春天湿湿的，冷冷的，就显得难受了。我很小的时候，喜欢与老人交谈；及至我年长的时候，我却喜欢与小朋友相处。

这里家中各人安好？你在大妈身边，要注意她的胃病调养；你细妈最近忙于给你六妹看孩子，忙得很呢。

昨天晚上睡不好，睡眠至夜深，又起床，突然想起弘治十二年（1499），我中状元的那一年。其实，以我的才智，文才及画画都比不过唐伯虎；武才又比不过王阳明，但机会偏偏给了我，这是上天给我的恩赐，也是皇恩浩荡到我家。

王阳明与我是同科进士。他少年时虽有五溺，即沉溺于任侠之习、骑射之习、辞章之习、神仙之习、佛氏之习，而终于走出困境，创建了心学，成为宗师。少年时，他问塾师，为学的终极目标是什么？塾师告诉他，就是像你父亲王华一样，夺得状元头名名扬于天下。他说不对，应该做圣人。我想，王阳明应该是对的！再看与我同一科的唐伯虎，他虽然没有在朝廷上任职，流落民间，混迹于平民百姓之中，但是他落得个自由之身，他画名高炽、文才出色，在老百姓心中，有他足够的位置！

皇上给了我们一家高高的恩隆，但是世间人心险于山川，难于知天。我们是从南方而来，有一段时间我在京城是水土不服。在我们的周围，有些人看到你直上青云就会奉迎拍马，专拣好听的话讲；有时，他们看到你事事顺心，进展神速，就会在背后造谣生事，陷你于不利；有时，欺骗、谎言、圈套从他们头脑中酝酿成"粗绳"套在你身上，使你翻身落马；有时，他们看到你身陷困境则幸灾乐祸、趁火打劫。我有时很苦恼，记得我中了状元之后，我回乡祭祖。本来，这是很正常的事情，光宗耀祖，乃人之常情吧，但是不幸却遭受奸臣陷害而下狱。后来幸得梁大人等忠臣多方营救，才得脱困。

我忠心耿耿，兢兢业业，不敢有丝毫疏忽，担心因我的言行不当而累及全家，让你们受苦。正德元年（1506），朝廷任命我当安南征使，因为你祖母去世我没有上任。正德五年（1510），我恢复了翰林院的原职，先后担任了经筵讲官、右谕德及翰林院侍讲学士等职。

我的儿呀，自从我当了（正德）皇帝的老师，我用尽了心力，每次进讲，我必阐发理奥，启迪君心。不知皇帝听了之后，他是怎样的感受，如果他受不了，或者是有所抵触，我真的不知道怎么办。我是用尽了全力的呀。皇上体谅我苦心，对我表示称赞。

谅儿呀，你知道，我们家是耕读传家。虽然现在住在京城，远离农事，但是好的传统我们不能丢。我没有什么成功的秘诀，若有，那就是读书！那就是好学乐学，学而不厌！上天要求我们，要自强不息；大地要求我们，要厚德载物。谅儿呀，我真的很佩服六祖惠能大师，他有自学成才的大本领，他的佛偈"菩提本无树，明镜亦非台。本来无一物，何处惹尘埃"就是一个很高的境界。他说过："一灯能除千年暗，一智能灭万年愚。"谅儿，请你记住我的话，要凝聚内心攻坚克难的能量，解除内心的暗气与愚虑，就要努力向学和不断修炼！还请记住为父的话，德行与才能永远无法从考试中获得，而只能从自己的内修途径中获得！你是我们家的长子，是我们家的领头羊，已经给弟弟妹妹们做出了好榜样。但是，你还要告诉弟弟们，真正的男子汉，要有永远向上的精神、不断拼搏的精神；你还要告诉妹妹们，要有贤淑的美德。告诉贪玩的弟弟们，要在功名路上取得好成绩，就要在胡闹折腾径上少惹麻烦。请你谨记我的话，这是我在挫折中带着血泪悟到的道理。我相信你是一定能做到的。

问安！

父亲启

正德八年（1513）早春

不久，二儿子以训收到父亲的一封信，内容如下：

训儿：

你母亲大人告诉我，说你最近到处找丛林修炼，不知道修炼得如何？自从你出生以后，我就视你为掌上明珠，我多次对你妈妈说，你这个小家伙的悟性在我之上，日后定能有所成就。对你，我寄予厚望。

记得北宋司马光曾教育儿子说："人越注重物质享受，欲望就越多，时间长了，不仅会把家里的积蓄花光，还有可能丢掉性命。"你是幸福之人，从小不愁吃不愁穿不愁没书读。不像我，自小经常饿肚子，担心没书读。当年你爷爷实在没有办法，在我读了四个年头学馆之后，就忍痛停止了我的学业。我是喜欢读书的，上不成学对我而言是很痛苦的事呀！我不得不担负起营生的事务，我耕地，我卖菜。后来得到你舅公的帮助，还得到你外公的资助，以及普照大师的启迪，我才得以继续学业，否则我现在仍在乡间以卖菜为生。一个成功的人，不单要读懂有字之书，还要读懂无字之书。希望你能做一个品德宽厚的人，敏于行动的人，通权达变的人，这样就不会辜负为父的期望。

训儿啊，我的学习过程、我的课堂不同其他人。早年，大自然就是我的课堂。当我读了四年蒙学之后，就投身于耕作营商。于是，田野就是我的课室，榕树就是我的课桌，渡头就是我的祠堂，桑基就是我的书本，蓝天就是我的功课，晚霞就是我的作业，蔗地就是我的操场，鸟语和雷声就是我的老师，蝉鸣就是同学的诵读。

宋朝的苏轼问："明月几时有？把酒问青天。不知天上宫阙，今夕是何年？"苏轼的这个问是千秋之问。苏轼说，月有阴晴圆缺，人有悲欢离合。他将"悲"出现在"欢"之前，他将"离"出现在"合"之前，他将乌云密布排在晴空万里之前。苏轼自己回答："我欲乘风归去，又恐琼楼玉宇，高处不胜寒。起舞弄清影，何似在人间！"我又何尝不是这样想呢。我梦想飞到天上，我想去月宫摘取丹桂，我想去月宫与嫦娥相见。我还害怕那里高处不胜寒，我还害怕去到那里回不来呢！回不来就见不到你大妈细妈了呀，也不能与你们兄弟姐妹见面了！我欲飞天，却并不像诗仙李白！我欲乘风，却害怕被风卷至另一个世界以致回不了家呀！

训儿啊，要学会虚心应世、小心行事啊！虚心的人总是学十当一，自满的人总是学一当十。解缙是我大明朝的大才子，曾主持编修《永乐大典》，得到太祖赏识而放任，上万言书而太祖没有责怪他；继续放肆终于触怒了成祖皇帝，被锦衣卫埋在积雪中给活活冻死了。我们家没有别的营生，仅以诗书耕读立家传家。你的大哥哥已经为你们立下了很好的榜样。须知道，路遥知马力，要对得起这份褒扬，就要加倍努力啊！还有就是，我们还要懂得，我们经常不是败在缺陷上，而是败在优势上。

训儿啊，为父我一生不外两字，一曰勤，二曰俭。如果还有什么，那就是匆匆奔走在这世上，我渴望着成功与显赫。我前面已经耽误了一些时间，其他的时间我决定抓紧不放。训儿呀，为父我资质不如你，若我能取得一些成绩，全靠勤奋与恒心，还有那不服输的精神。我只希望你在这三个方面超越我，特别是不能再耽误时间了，要踏上成功旅途，就得用心苦读！要把握成功，就不能我行我素！否则你将会在痛苦中度过余生！只有每天去为功名而争取的人，才配享受功名利禄所带来的幸福！尽管功名有时也是一种羁绊。

训儿啊，你若问人生有什么意义，让我坦白告诉你吧，无非有三：一曰上金銮宝殿将自己最好的对联诗句和对策文章亲手献给皇帝陛下；二曰上月宫将嫦娥仙子请回家中；三曰与所爱之人生育一大堆儿女并且将他们教育出色，不分男女。训儿，告诉你吧，以上三条为父全部做到了。为父已经老了，你还年轻，你是一个聪明孩子，你是知道为父心思的。学习是终身的大事，吃苦能磨练意志！要谨记：你要堕落，神仙也阻止不了；你要上进，谁也不能延误。要谨记，自强不息；要谨记，厚德载物；还要谨记，最粗壮的树，不是生长在丛林中，而是生长在旷野上，受尽风吹雨打；最成功的人，不是在顺境中成长的，而是在逆境里成长的！

问安！

父亲启

正德八年（1513）早春

后来，伦以训终于摆脱了浮夸，刻苦攻读，获得了很高的荣誉，明正德十二年（1517），会试获得第一名，殿试获得第二名，被授职翰林院编修。也就是说，伦以训是这个家庭中获得殊荣最高的第二人，仅次于伦文叙。

不久，大女儿以琼也收到父亲的信，内容如下：

琼儿：

最近为父的身体越来越差，本来我想收集整理一些东西结集成册，好留给你们，现在却难以振作起精神来。也许过一段时间会好一些。

琼儿，在我所有的孩子中，你是最令为父放心的孩子。你的哥哥们，我看得很紧；你的妹妹们，你大妈，特别是你细妈看得很紧，同时也有你的看护之功。

　　一个家庭，是有分工的。就像你的哥哥们，他们在往功名路上赶考，我抓得很紧，生怕耽误了时间，荒废了学业。我自己，因为早年家里贫困，就已经耽误了好些年。要知道，一寸光阴一寸金呀！你和你的妹妹们，不用赶考，但也要攻读诗书。在我们家，与别的家庭不同，就是女孩子们也有攻读诗书的要求，将来要像你妈妈们那样，做相夫教子的好母亲。我一想起我的母亲我就想哭，我相信，她在天庭应该安好！

　　琼儿啊，你下面有一大堆的弟弟妹妹。特别是妹妹们，我照顾不了，你的大妈与细妈也照顾不了，你是大女，就拜托你来照顾她们了。琼儿啊，人可以像牛郎织女那样活着，却不能像走兽那样活着，应该追求知识和美德。你的妈妈就是知书达理之人，也是美德的化身。她就像嫦娥一样聪明伶俐，像大地一样胸怀宽广。她懂得操持家务，她懂得如何维持家庭的和睦，她对于金钱没有丝毫迷恋，反而让我安心读书考取功名。当我想在大树下乘凉的时候，她就是故乡的一棵大榕树；当我想乘风而去的时候，她就是月宫中的一棵丹桂树，让我闻到深入肺腑的芳香；当我口渴的时候，她就是一条蜿蜒清澈的小溪；当我身处黑暗的时刻，她就是明灯来照亮我的生活；当我身心疲惫的时候，她就像一朵美丽的荷花，从湖面吹送过来阵阵清香。女子不必样样与男儿争胜，"嫁鸡随鸡，嫁狗随狗，嫁只螃蟹横着走"亦无所谓。你的妈妈比我胜过百倍，很多时候，我像在梦中被雷声惊醒，我睁开迷蒙的睡眼，我发现身边烟雾弥漫。而你的母亲，就如月中嫦娥翩然而至来帮助我脱离困境，就如威力无比的观世音菩萨从天而降向我施洒甘露。但不管怎样说，她都是我们家的顶梁大柱呢！总之，你要好好向她学习啊，我相信，你一定能做到的！

　　我忽然又想起一些话，最近我经常做梦，梦里黑洞暗淡。我原是穷苦人家的孩子，家住乡下黎冲，门前有棵大榕树，榕树对面就是桥头，桥头对面就是渡口，渡口对面就是大海。大海那边，我曾经在那里耕种。当时以为这样的农事辛苦，现在却感到踏实温暖，因为上面有父母照顾着。

　　现在你们都长大了。尤其是你，你是长女，你大妈经常讲，琼儿最听话，琼儿最能带弟弟妹妹。的确是这样，你细妈也经常在我面前表扬你。至于赞扬的话，我不再重复了。

　　琼儿呀，现在我最担心的，就是你的几个妹妹。希望你谨记我的话，要带好妹妹们，让她们过上幸福安乐的日子。我是一个安分守己的人，绝不参与违法乱纪的事情，极力避免与社会上有不良习惯的人混迹交往，但即便如此，仍然被诬告入狱，幸得太师梁储大人等极力营救才得以重见天日。琼儿呀，你后面的妹妹们还小，她们今后要面对这个险恶的世界，你要按我今天的劝导去指导她们，让她们谨记。我没有其他过高的要求了，将来找一个诗书之家，嫁出去，好让我放心！不过你也不用担心，你的大妈细妈将来一定能给她们找到好人家的！

　　问安！

父亲启

正德八年（1513）早春

十四、"中原第一"

伦文叙一家，父子四个人中了进士。

伦文叙24岁的时候中了举人。弘治十二年（1499），34岁的时候上京考试，名列第一（会元）。后经明孝宗弘治皇帝殿试，以"咏月"为题，伦文叙留下这样的状元诗句：

> 潜心奋志上天台，看见嫦娥把桂栽。
>
> 偶遇广寒宫未闭，故将明月抱归来。

皇帝最后裁决，伦文叙的这首诗句压倒了柳先开那首诗句：

> 读尽天下九州赋，吟通海内五湖诗。
>
> 月中丹桂连根拔，不许旁人折半枝。

最后皇帝亲自钦点伦文叙为状元。

伦文叙被授翰林院编修后，正式步入仕途。

在伦文叙的故乡黎冲村，流传着"一井两状元"的佳话，是说这个状元井，曾经滋润了南汉状元简文会、明朝状元伦文叙。

伦文叙高中状元。后来，伦文叙的三个儿子都高中进士，留下"一门四进士"的佳话。一个人取得状元已经不容易，一个家庭里父子连续获得四个进士就更为不易。为了表彰伦文叙一家的杰出成就，皇帝御赐一个牌匾——中原第一家，以示嘉奖。

皇帝的意思，不妨也可以这样理解：广东原是南蛮之地呀，什么时候就变成"中原第一"了呢？伦文叙这位出身贫寒的平民百姓，终于在全国赶考中找准了自己的位置，也为后人树立了光照千古的榜样。特别是在继承中国优秀传统文化基础上，创造性地塑造了光照千秋的"伦文叙精神"。这种自强不息、踏实刻苦、永不放弃的伟大精神，在鼓励着一代代莘莘学子。他用自己勤奋的一生，又一次以丰富多彩的实践诠释了中华文明中的自强不息、厚德载物的精神。特别是在贫苦百姓的心中树立了光辉的进取形象，让他们找到积极进取、摆脱贫困的新希望。伦文叙的故事在广东代代相传，并与唐代的六祖惠能、清末民初的梁启超，还有郑观应等一脉相承，成为"厚于德、诚于信、敏于行"新时代广东精神的源头活水。

"伦文叙曾经当过皇帝的老师？"学生小山问道。

"当过，正德皇帝就是伦文叙的学生。"逸洲先生回答。

"当皇帝的老师难吗？"小山问道。

"当然困难！现在，我教育你，也要花费不少心思。而伦文叙教育正德皇帝，当然是件困难的事情。"先生回答。

"当皇帝的老师，肯定是件很威风的事情？"小山问道。

"不是你想象中的那样，你知道给皇帝当老师有多难！单单说教育礼仪就十分繁琐。仅说皇太子的日常上课，整个流程就极度熬人。由文华殿大学士总负责，各级老师分为詹事府詹事、少詹事、春坊大学士、庶子、谕德、中允、赞善、洗马、校书等官职，人数多工作杂。特别是皇太子出阁读书的仪式，更是十分繁琐：首先是早晨起来，礼部和鸿胪寺的执事官，要在文华殿给太子行四拜礼，鸿胪寺寺官向太子行礼。然后，内侍官引着太子在后座就座，每天侍班、侍读、讲官依次前来，小太子的学习生活，这才算开始。"先生回答道。

"按照先生所说的道理，给大皇帝上课那不是难上加难？"小山问道。

"比起教小皇子读书来，教大皇帝读书，也轻松不到哪里去。明朝宫廷教育制度，不但小皇子要上课，皇帝也要上课，也就是'经筵'和'日讲'，即皇帝召集学问好的大臣开会学习，由大臣们给皇帝讲课，以历史课为主，评述历代王朝治国得失。大规模的讲座，就是经筵，通常在文华殿举行，同样也是一整套繁琐礼节，先是官员行礼，然后讲课，讲完后去左顺门吃饭，吃完饭还要回来谢礼，一场折腾才算结束。相比之下，日讲则是小规模的讨论会，没这么繁琐的礼节，讲课的老师，通常是亲近大臣，课程轻松灵活。"先生回答。

"那么伦文叙是给正德皇帝讲授经筵还是日讲呢？"小山问道。

"两者都有。"先生回答。

"能够给皇帝上课，说明伦文叙有料？"小山问道。

"也可以这样理解。但有更加复杂的原因——这样的课程，与其说体现学习问题，不如说体现政治问题：能被安排参加经筵的臣子，就算不是重臣，也是皇帝正在考虑培养的对象，讲课表现便是最好的升迁机会。而常去日讲的官员，身份更不简单，必得是皇帝最亲近的重臣才行，有些甚至是皇帝孩提时代就教育读书、感情极其深厚的老恩师。"先生回答。

"讲政治？"小山问道。

"任何时候都讲的！能在这样的折腾中熬过来的老师，也同样不是简单人物。教小太子学习，不但要有水平，更要有耐心；给皇帝经筵和日讲，考验的不仅是口才与智慧，更是表面之下的暗流汹涌。每次看似讲学问，其实官员之间，更是充满钩心斗角，特别是晚明党争加剧的背景下，讲课的讲官们，更是喜欢含沙射影，借着讲课的机会攻击政敌，那是家常便饭，至于被攻击，更是司空见惯。照《明史》的话说，就是'官于正文外旁及时事'，风平浪静的课堂，成了刀光剑影的权力战场。倘能在这样的课堂环境里熬出来，必然需要技术含量。"先生回答。

"那老师有什么招数呢？"小山问道。

"就像我教你一样，没有一点儿招数，肯定不行。"先生卖了一个关子。

"先生，我很单纯的。"小山欲言又止。

"你这个家伙，也不是省油的灯！"先生回答。

"那伦文叙有什么招数呢？"小山问道。

"他有几招：一是孔孟理论根底好，二是声音洪亮讲得清，三是思维敏捷转得快……"先生回答。

"也是，没有几招，怎么敢教皇帝！"小山自言自语。

"伦文叙有政敌吗？"小山问道。

"伦文叙是淳厚之人，他一生没有担任地方大员，也不怎管事，所以一般来说也没有什么政敌。不过，即使这样，还是有人要陷害他。伦文叙曾经被人诬告入狱，后经梁储等人营救才出狱。"先生回答。

"伦文叙当了什么官职？"小山问道。

"曾在翰林院任职，担任经筵讲学官。不久，提升为右春坊、右谕德（对太子教导、劝导的官），兼翰林院侍讲等。总之，终其一生，伦文叙是一个比较纯粹地道的文化官员。"先生回答。

"伦文叙讲课，正德皇帝喜欢听吗？"小山问道。

"说不上喜欢，也说不上反感。正德七年（1512）九月，伦文叙进讲'舜有臣而天下治'，用史实说明为君之道，仪态轩昂，音吐洪亮，语多规谏，皇帝为之'注目'。这一年伦文叙45岁，正德皇帝才21岁。"先生回答。

"那个时候，是不是伦文叙差不多要死了？"小山问道。

"45岁在当今还属于壮年，但在伦文叙那个年代已经不年轻了。这是伦文叙生命倒数的第二年。1513年在伦文叙46岁时，他就离开人世。时隔九年之后，正德皇帝不足30岁，也就撒手人间。正德皇帝朱厚照是10月27日出生，要到10月27日才满30岁。"先生回答。

"一个45岁的'老人'，去教育一个21岁的'新人'，而且这个'新人'还是老师的'老板'，效果如何？"小山调皮地问道。

"一般来说，我们觉得正德皇帝对他的这位老师还是很尊重的，否则就不会让他担任修玉牒这个重任，更不会让他担任应天府考试主考之职。正德八年（1513），伦文叙参与修玉牒，玉牒就是皇帝族谱。如果不是学问修养很好的人，他不能得到这个职位。如果不是皇帝应承，他也不能得到这么一个尊崇的职位。至于应天府主考，也是一个很厉害的职位。应天府，就是南京地区及附近州县。考试在秋天举行。伦文叙担任了应天府主考。任务结束后不久，他就得病去世，令人唏嘘。"先生回答着，也重重地叹了一口气。

吴有莲临明末清初弘仁（1610—1663）作品（局部）

十五、阳明伯虎

　　弘治十二年，也就是1499年，这一科的考生，可以说是藏龙卧虎。其中有三个著名的人物，第一个是伦文叙，第二个是王阳明，第三个是唐伯虎。这是按当年所得功名来排序的。之所以将伦文叙排在第一位，是因为他获得了这一科的状元；将王阳明排在第二位，是因为他中了进士，获得了这一科的二甲第七名，也就是全国第十名；将唐伯虎排在末位，是因为他最后被剥夺了所有功名。

　　王守仁，幼名云，字伯安，别号阳明，浙江绍兴府余姚县人。因曾筑室于会稽山阳明洞，自号阳明子，学者称之为阳明先生，亦称王阳明。他是明代著名的思想家、文学家、哲学家、军事家，陆王心学之集大成者，精通儒家、道家、佛家。弘治十二年进士，历任刑部主事、贵州龙场驿丞、庐陵知县、右佥都御史、南赣巡抚、两广总督等职，晚年官至南京兵部尚书、都察院左都御史。因平定宸濠之乱而被封为新建伯，隆庆年间被追赠为新建侯，谥文成。王守仁与孔子、孟子、朱熹并称为孔、孟、朱、王。王守仁的学术思想王学，是明代影响最大的学术思想，其学术思想传到日本、朝鲜半岛和东南亚各国。集立功、立德、立言于一身，成就冠绝明代。弟子极众，被称为姚江学派。其文章博大昌达，其著作为《王文成公全书》。

从年龄上去考察，1499年，这一年伦文叙32岁左右，唐伯虎29岁左右，王阳明27岁左右。三个人最大年龄与最小年龄相差约五岁。

王阳明的父亲王华，是明成化十七年（1481）的状元。王华身在官场一辈子，但从未当过封疆大吏，一直在京城担任讲臣。最荣耀的经历，莫过于当了几年皇帝的老师。这样的经历，倒与伦文叙有几分相像。

作为状元的儿子，王阳明没有像父亲那样热衷于考状元，因为他要钻研的东西很多，精力也比较分散，但他有自己的一套理论。他认为重要的不是考状元，不是考科举，不是考功名，而是格物致知，研究心学。据说，王守仁出生的前夜，王华的母亲梦见了一位神仙自云中送下孙儿，故王守仁生下后取名为云。他五岁的时候还不会说话，家里人十分担心，遍请良医，但诊治无效。一天，有一位异人来访，他抚摸了王守仁的脊背，并为之取名为守仁。从此，王守仁才开口学话。

一个大孩子不会说话，这事搁在现在也很让人担心。这个王守仁，从小不单遗传了父亲的特点，喜欢读书，而且还喜欢骑马射箭。骑马射箭可不是一般读书人都喜欢玩的。第一他得喜欢，对于这件事，他的家长想阻止也不行，所以后来就干脆放开了。另外，如果你家里贫穷，像伦文叙那样的寒门子弟，不要说去骑马、射箭，就是想也不敢想了。你家里都吃不饱，还骑什么马，射什么箭。

王阳明小时候读书非常刻苦，有神童之称。王阳明知道这个称呼之后，非常骄傲，从此不怎么用心读书，迷恋起了下象棋。

一次，母亲非常生气，她认为玩物丧志，就拿起象棋扔到河里。王明阳趴在河边，一边痛哭，一边随机作了一首诗：

> 象棋终日乐悠悠，苦被严亲一旦丢。
> 兵卒坠河皆不救，将军溺水一时休。
> 马行千里随波去，象如山川逐浪流。
> 炮声一响震天地，忽然惊起卧龙愁。

从此之后，王阳明开始发奋读书。

王阳明11岁之前在祖父王伦的培养下成长，青年时期读遍朱熹的著作。王守仁潜心于朱学，执着于探究格物穷理之说。他遵循朱熹格物的方法并付诸"穷格竹子"。格竹七天后，王阳明病倒。格竹的失败使他开始怀疑朱学，他感到朱学体系中存在一些不可调和的矛盾。他不满于朱熹"析心与理为二"的观点，以及由此引发的知行分离、哲学思辨与道德践履脱节等问题。仕途的遭遇使他对当时社会风气的沉沦和道德伦理的颓废更有深切的感受，他意识到人伦纲常建设的重要性。从此王阳明由遵循朱学转向抛弃朱学，进而营造自己的心学体系，以与程朱理学抗衡。

弘治十二年（1499），王阳明在会试考中进士。明武宗正德皇帝登基时，他在刑部主事任上。这年冬天，因疏救被逮下狱的南京兵科给事中戴铣等二十余人，触怒了大太监刘瑾，被给予廷杖四十并贬谪贵州龙场驿丞的处分。

当时的贵州龙场属于边远之地，偏僻之地，万山阻隔，汉苗杂居，连间像样的房子也没有。通常情况下，一个出身江南富庶地区的世家子弟，一旦来到这里，不是自暴自弃，就是自命清高，很难适应。但是王阳明一来到这里，觉得这是修炼的圣地，主动接近当地人，教他们识字。他立即得到回报，土著们伐木为其筑屋，拿出好吃的与其分享。

王阳明觉得，这个地方远离了中原，没有亲朋探视，没有车马打扰，他倒可以集中时间与精力学习。他终于凭借自身的努力开悟，体悟到圣人之道，即在自性中不假外求。龙场大悟使王守仁确立了"吾心即天理"的世界观，开辟了与程朱理学迥然异趣的心学之路。这次放逐，终于帮助王阳明成为一位伟大的思想家。可见，厄运对于一个人，并非全是坏事。

正德十一年（1516），也就是伦文叙死后的第三年，王阳明出任赣南巡抚。当时的赣南巡抚，管辖广东、江西、福建三省交界的接合部。这些地方皆崇山峻岭，流民极易滋事。大凡派往这个地方的人，必须懂得军事。

赣南所在的横岭、大庚岭、乐昌、大帽子等处，都有强匪盘踞，横行肆虐。前赣南巡抚文森无力收拾局面，又害怕身家性命不保，便以患病为由，多次申请归田，获得朝廷批准。王守仁前来接替文森留下的空缺。他到任时，正值横木、乐昌两股贼匪合攻赣州，当时的赣州主簿战死。

王阳明暗中调查，得知官府每有举动，贼匪必先得情报。王阳明从一个老吏那儿找到突破口，严加侦询，将贼匪"耳目"一网打尽，再让这些人立功赎罪，即时上报贼匪动静。然后，发出公文邀请广东、福建两省出兵会剿。王阳明亲自带兵卒驻扎上杭，会同广东、福建两省兵力三路进剿，不到三个月，连破40余寨，斩首七千余级。多年来，愈来愈猖獗的匪患终于得到遏制。

王阳明一生历经了三次重大的平叛事件，第一次是这次在赣州平定了土匪叛乱，第二次是在南昌平定了宁王叛乱，第三次是在广西田州平息叛乱。正德十四年（1519），这一年，是伦文叙去世后的第六年，宁王朱宸濠在南昌起兵造反。事隔35天之后，即7月26日，宁王就被王阳明擒于江西新建县西北的樵舍镇。第三次平叛，就是王阳明去世时的那一年，王阳明拖着重病之躯，接受朝廷的命令，远赴广西田州岑孟进行平叛。叛乱最终平息，王阳明却在回家途中一命呜呼，终年57岁。

再让我们看看当时王阳明身边一些人的寿命情况：王阳明去世时57岁，伦文叙去世时47岁，明孝宗弘治皇帝去世时35岁，明武宗正德皇帝去世时不足30岁。

王阳明为何短命？当王阳明12岁的时候，母亲郑氏就去世了。郑氏当时才41岁。母亲去世，对王阳明打击很大，使他茶饭不思，当时正是发育时期，这样过分的悲伤对身体当然是有影响的，所以在很小的时候王阳明的身体就埋下祸根。在王阳明15岁的时候，当时的皇帝英宗被瓦剌人俘虏。王阳明于是发誓要研究兵法，为国效劳。在王阳明17岁结婚的那天，他在外面遇到一个道士，两人一谈就没有控制好节奏，过于投入，以至于忘记自己的大事，后来岳父到处搜寻才找到他，痴迷莫过于此。王阳明18岁的时候，发现宋儒朱熹等人提出的"格物致知"的思想，于是王阳明想亲自研究一下。经过看着竹七天七夜的思考，王阳明发现自己一无所获，还把自己的身体搞垮了，这就是著名的"守仁格竹"典故。经过这次经历，他对这种思想开始怀疑。1506年，34岁的王明阳为戴铣等人鸣冤而受的那顿40下的杖打，是十分残忍的，对于身体和精神的伤害是十分巨大的。后来，贵州龙场的生活十分糟糕，在那种恶劣环境中，对身体的伤害也是十分严重的。

一个人的生命质量不在于长度，而在于高度。王阳明一生忧国忧民，为天下社稷着想，试图以一己之力改变世界。王阳明是一个体制内的怪杰与天才，为历史留下了一些不可磨灭的东西。因为思想离经叛道，王阳明经常不被统治者待见，但一旦有事就被统治者起用以救急和扭转时局，王阳明就有这个本事！

讲起王阳明，还要稍微讲一讲伦文叙儿子伦以谅的老师湛若水。从出生时间分析，湛若水是1466年出生，伦文叙是1467年出生，王阳明是1472年出生。也就是说，湛若水出生次年伦文叙出生，伦文叙出生5年后王阳明出生。若论年龄，湛若水最大，王阳明最小。他们三人基本上算是同时代人。同为心学大师，王阳明比湛若水名气更大。王阳明不单是个官员，还是个政治家和军事家。湛若水也曾是个官员，但最后岁月，纯粹以一个教育家角色出现。若论长寿，则湛若水为第一，1560年逝世时年94岁；王阳明为第二，1529年逝世时年57岁；伦文叙1513年逝世时年仅47岁。

有人评论，王阳明是一位哲学史、思想史上的天才，唐伯虎则是一位艺术史上的天才，伦文叙虽有状元之名，却无甚突出贡献。如果这样评论，也许有人还会不服气；但是，如果问谁是弘治十二年（1499）这一科最倒霉的人，那知道的人都会说是唐伯虎。

唐寅（1470—1524），字伯虎，南直隶州吴县（今江苏省苏州市人），明朝著名书法家、画家、诗人。他早年热衷功名，但为人不够检点，不幸涉入科场舞弊案。案发后被革除功名，永远不能参加科举考试，彻底断了科举功名这条道路，只能靠卖画为生。他游荡江湖，埋首于诗画间，最终成为一代名画家。

唐伯虎出生在一个商人家庭。他的父亲虽善于经商，但认为商人的地位卑微，经商不如读书做官好。他一心想儿子求学当官，以改换门庭。儿时的唐伯虎非常聪明伶俐，父亲经常欣慰地说："我的儿子将来会成名的。"但唐伯虎自小贪玩，有的时候还跑到屠场去看屠夫杀猪。他的这种浪荡行为在士大夫子弟中是少见的。父亲见状，对他愈来愈不抱希望。

16岁那年，唐伯虎参加秀才考试，考取了童科中第一，成为府学生员。这在当时可是光宗耀祖之事，但人有旦夕之祸福。1497年，唐家发生惨痛巨变。唐寅的父母、妻儿先后弃世，他悲痛万分。第二年，他的妹妹出嫁。这本来是一件喜事，谁知不久就传来妹妹在婆家自杀的消息。在一年的时间里，唐家家破人亡，只剩下唐寅兄弟二人。重大的打击使年仅20余岁的唐寅愁出了白发。

亲人的离世使唐寅在精神上受到极大的打击。他一度意志消沉，终日与友人饮酒消愁。后来在好友祝允明的劝慰下，唐寅才重新振作起来，继续埋头读书。弘治十一年（1498），28岁的唐伯虎参加顺天府乡试，获得第一名（解元）。弘治十二年（1499）在京城的会试，这科主考官是大学士李东阳和掌管詹事府礼部侍郎程敏政。这年程敏政出题，而程的得意门生、江阴人徐经偷看了试题，并告诉了在路上遇到的一齐吃喝玩乐的同年解元唐寅。

皇上下诏，程敏政、徐经和唐寅三人被捕下狱，予以处罚。天子脚下，京城之中，谁能容得你如此轻狂大意，惹得别人嫉妒了，搞得终身被排挤在科举门外。从此，官员唐伯虎就这样死了，文人、画客、狂士唐伯虎却得以流传千古。

再说这个徐经，他的后代出了个地理学家徐霞客。徐经就是徐霞客高祖。徐经这一番经历，堵塞了徐家功名之路，淋熄了徐家功名之火，起码让他们蒙上了阴影。他们的家族是经商世家。这也有一个好处，当别人吊死在科举这一棵大树上的时候，他们家的人就积极去寻找捷径，结果徐霞客就开出了这样的花朵。这真是中国科学史上的一朵奇葩，在中国地理史上，甚至在世界地理史上也做出了重大贡献。徐霞客经过科学的考察，更正了长江的源头是金沙江而不是岷江的结论，出版了《徐霞客游记》。他将功业建立在山水之间，他喊出了"朝碧海而暮苍梧"的响亮口号。

唐伯虎晚年生活困苦，没有房子住，朋友接济他，帮助他在城外找了一间破房子，他给这间破房子起了好听的名字，叫桃花庵，并以《桃花庵歌》为题写了一首诗：

> 桃花坞里桃花庵，桃花庵里桃花仙。
>
> 桃花仙人种桃树，又摘桃花换酒钱。
>
> 酒醒只在花前坐，酒醉还来花下眠。
>
> 半醒半醉日复日，花开花落年复年。
>
> 但愿老死花酒间，不愿鞠躬车马前。
>
> 车尘马足贵者趣，酒盏花枝贫贱缘。

若将富贵比贫者，一在平地一在天。

若将花酒比车马，他得驱弛我得闲。

他人笑我忒风骚，我笑他人看不穿。

不见五陵豪杰墓，无花无酒锄做田。

写下这首诗后不久，唐伯虎就在嘉靖三年（1524）十二月二日病逝了，时年54岁。值得一提的是，这位在诗书画具有巨大成就的人，经常是遇人不淑，缺乏判断力。45岁的时候，他又满腔热血地接受了宁王的邀请，到南昌为宁王做幕僚，后来发现宁王要造反，但为时已晚，只能装疯卖傻，才逃脱了宁王的阵营，但又落得个更臭的政治名声。

扫码查看
☑ 配套插图
☑ 科举趣事
☑ 状元趣话
☑ 科举文化

十六、《本草纲目》

"先生，与伦文叙同时代的还有什么猛人？"小山问道。

"猛人吗？"先生反问。

"对，很厉害的人呀！"小山回答。

"啊，让我想想，有，李时珍算一个！"先生回答。

"李时珍？编写《本草纲目》的李时珍？"小山问道。

"伦文叙1513年去世，李时珍1518年出生。"先生回答。

"李时珍是哪里人呢？"小山问道。

"今天的湖北省蕲春县蕲州镇人。"先生回答。

"《本草纲目》又是一本怎样的书？"小山问道。

"李时珍《本草纲目》集古代医药之大成，是中国古代医药百科全书，后来传遍世界各地。"先生回答。

"李时珍是一名医生？他的父亲也是一名医生？"小山问道。

"李时珍的父亲是一代名医，名叫李言闻。李时珍少时从父学医，遭到父亲反对。"先生回答。

"为什么反对？"小山不解。

"父亲希望儿子通过科举考取功名，做官扬名。"先生回答。

"李时珍参加科举成功了吗？"小山问道。

"不成功，否则就没有一位世界级文化名人了。"先生回答。

"李时珍14岁中秀才，但之后连考了三次，都科场失败。最后，他决定不参加科举了，立志要学医，多次向父亲表示："身如逆流船，心比铁石坚。望父全儿志，至死不怕难。"终于在25岁以后，开始学医。"先生继续说道。

"那李时珍肯定是一位名医了！"小山肯定地说。

"由于他注重临床实践，虚心向百姓学习，加上他父亲的指导帮助，所以很快就成为远近闻名的医生。他自幼比较接近百姓，对民间疾苦有一定的了解，所以他给许多穷人看病，都不收药费，人家称赞他是'千里就药于门，立活不取值'。由于医术高明，声名远播，34岁时受聘于楚王府，任奉祠正。后来，被推荐入京，任朝廷太医院院判，不久即告归蕲州，一面行医治病，一面编修《本草纲目》。"先生回答。

"李时珍长寿吗？"小山问道。

"比伦文叙长寿，李时珍于万历二十一年（1593）逝世，终年75岁。"先生回答。

"李时珍在宫中行医顺利吗？"小山问道。

"算不上顺利。1551年，即明嘉靖三十年，李时珍33岁。当时明朝皇族住在武昌的楚王朱英，因孩子生病是李时珍治好的，为了表示看重这位医生，就任命他做楚王府奉祠正，管祭祀方面的事情，还兼管良医所的工作。过了几年，楚王又把李时珍推荐到北京的太医院去任职，做太医院院判。不久，由于统治者只想炼丹求仙，长生不老，并无意于发展医药事业，而太医院的医官们只知道讨好皇家，不务真知实学，李时珍觉得这样下去，他多年渴望从事医药工作的理想不能实现，就决然托病辞职，仍回故乡行医。"先生回答。

"做太医有什么收获？"小山问道。

"李时珍在武昌和北京任职期间，虽然工作上得不到支持，但有机会阅读历代许多珍贵的医药书籍，辨认了不少民间难得看见的稀有药材或道地药材。这对于他以后开展研究和成果的取得，显然起了相当大的作用。"先生回答。

"李时珍在思想上有什么鲜明的特点？"小山问道。

"李时珍一生不精天命，坚持前进，重视实践，敢于创新，又善于虚心向百姓学习，从而在他毕生从事的医药工作特别是本草学方面做出了卓越的成绩。"先生回答。

"为什么叫《本草纲目》这个书名呢？"小山问道。

"中医本草学的研究对象包括动物、植物、矿物及其他制成品，但以植物药为多，所以在古代人们统称药物学或药物专著为'本草'。"先生解释道。

"李时珍写《本草纲目》遇到什么困难？"小山问道。

"李时珍在这些前人著作的基础上，旁征博引，去伪存真，加上自己的科学实践，又吸取了劳动人民的医药实践经验，自明嘉靖三十一年（1552）始，李时珍开始编写《本草纲目》这一浩瀚工程。为了完成这一历史使命，他广泛涉猎群书，钻研文献800种，作札记数百万言，对前人的著述、经验兼容并蓄，博采众长，取其精华。搜罗百氏，采访四方，多次离家远行，亲身实践，历尽千辛万苦。他深入民间，不耻下问，广泛收集单方、秘方，精心编选，反复实践，就地采药，填补空白，就这样读万卷书、行万里路、访万余人，历经30年的呕心沥血，终于于万历六年（1578）写成《本草纲目》这部巨著。"先生回答。

"李时珍在印书时又遇到困难？"小山问道。

"对，一开始找不到书商出版。后来几经艰难，才找到王世贞为书写序，写序后才找到书商刊刻出版。"先生回答。

"《本草纲目》对世界有什么贡献？"小山问道。

"《本草纲目》是一部集明代以前药物学大成的巨著，也是一部'有所发现，有所发明，有所创造，有所前进'的巨著。《本草纲目》博大精深，成就显赫。在药物学上，它集中药学之大成，立本草之新体系，纠本草之偏误，增前所未录之新品，阐明中药性味之理论。在自然科学上，它对植物的形态、特征、生态习性、生长过程、地理分布、栽培情况、实用价值均做了极其翔实的考证，简明生动的记述，不愧为近代以前世界上最完美的植物学科教科书和辨识植物的引导书。所以不但在国内医药界受到高度重视，还先后被译成日文、拉丁文、德文、法文、俄文等文字，成为国际医学界的重要文献之一。李时珍成为公认的世界文化名人。"先生回答。

"李时珍不通过科举也行得通，说明什么？"小山问道。

"说明三点：一曰条条大路通罗马，科举制这条路走不通，就换一条路走；二曰自己的志向要自己立，自己的路要自己走；三曰成大事者，需要弘毅的精神。"先生回答。

吴有莲临明末清初画家蓝瑛（1585—1664）作品（局部）

十七、明朝三帝

　　为了方便研究，我将明朝16位皇帝的寿命进行列表，由于这只是初步的统计，有待进一步补充修订。

　　1. 明太祖朱元璋，在位31年，年号洪武，享年71岁；

　　2. 明惠帝朱允炆，在位4年，年号建文，下落不明；

　　3. 明成祖朱棣，在位22年，年号永乐，享年65岁；

　　4. 明仁宗朱高炽，在位1年，年号洪熙，享年48岁；

　　5. 明宣宗朱瞻基，在位10年，年号宣德，享年37岁；

　　6. 明英宗朱祁镇，在位22年，年号正统和天顺，享年38岁；

　　7. 明代宗朱祁钰，在位8年，年号景泰，享年30岁；

　　8. 明宪宗朱见深，在位23年，年号成化，享年41岁；

　　9. 明孝宗朱祐樘，在位18年，年号弘治，享年36岁；

　　10. 明武宗朱厚照，在位16年，年号正德，享年31岁；

　　11. 明世宗朱厚熜，在位45年，年号嘉靖，享年60岁；

　　12. 明穆宗朱载垕，在位6年，年号隆庆，享年36岁；

　　13. 明神宗朱翊钧，在位48年，年号万历，享年58岁；

　　14. 明光宗朱常洛，在位29天，年号泰昌，享年39岁；

　　15. 明熹宗朱由校，在位7年，年号天启，享年23岁；

16. 明思宗朱由检，在位17年，年号崇祯，享年34岁。

通过以上列表，我们知道，明朝的皇帝大都不长寿。

下面，讲述与伦文叙直接相关的三位皇帝。第一位是伦文叙出生时的明宪宗，第二位是伦文叙中状元时的明孝宗，第三位是作为伦文叙学生并在伦文叙去世那年还担任皇帝的明武宗。明宪宗朱见深（1447—1487），明朝第八位皇帝，在位23年（1465—1487），年号成化，父亲是英宗朱祁镇，母亲是周贵妃。在他3岁的时候，父亲在与蒙古部队的交战中被俘。他的叔父朱祁钰继承皇位。他被立为太子。但是，当他的叔父逐渐牢牢掌握了政权之后，就废除了他的太子身份，改封为沂王。在他11岁的时候，父亲重新成为皇帝，他又成了太子。他不像他父亲那样富于激情，喜欢冒险，他的性格安静、谨慎、宽和，信任大臣。

在明朝的16位皇帝中，有一位十分传奇的皇帝，他就是亲手将伦文叙钦点为状元的弘治皇帝。明孝宗朱祐樘（1470—1505）是大明朝第九位皇帝，年号弘治，在位时间是1488年至1505年，前后共18年，享年36岁。

弘治是位励精图治的皇帝，勤于理政，任用贤臣。他即位后，首先裁抑宦官及佞幸之臣，太监梁芳、外戚万喜及其党羽均被治罪。又淘汰传奉官2000余人；罢遣禅师、真人等240余人，佛子、国师等780人，被追回诰敕印杖，遣送本土。并调整内阁班底，罢免了不学无术、依附权要的阁臣万安、尹直等人。他起用前南京兵部尚书王恕为吏部尚书，升礼部侍郎徐溥为礼部尚书并文渊阁大学士，召南京刑部尚书何乔新为刑部尚书。重用刘健、谢迁、马文升等正直忠诚的大臣。当时四海升平，政体清闲。孝宗对臣下宽厚平和，能体恤臣下。他在位期间勤勉朝政，史称"弘治中兴"。

要说弘治皇帝的传奇，就要说一说他的用情专一。能够拥有数量众多的妻妾，被认为是古代皇帝的一大特权。可是这位弘治皇帝，却是天下皇帝中少有的绝品。他这一辈子只娶了一个老婆，就是张皇后。他这一生只生了两个儿子，其中大儿子就是后来的正德皇帝，而小儿子在很小时候就夭折了。

在他登上皇位后，大臣们频频上奏劝他纳妃，可他却一次又一次地回绝了。明孝宗真是如此专情吗？难道是因为他不喜女色？难道他还有难言之隐？

弘治皇帝朱祐樘的童年十分坎坷，这件事跟他的父母有关。宪宗皇帝没有子嗣，但宠妃万氏却对宪宗临幸的妃嫔和宫女看管很严，不允许别的女人怀孕，以免分散皇帝对她的宠爱。这件事本身十分荒唐，但宪宗皇帝却放纵万氏。弘治皇帝的母亲纪氏本来是来自广西贺州的一个宫女，因为长得漂亮，又聪明，所以就得到一份打理皇宫中藏书的工作。在一个落叶缤纷的秋季，宪宗闲来无事，就溜达至书房，发现纪氏非常漂亮，并且口齿伶俐，就临幸了她。就这一次，纪氏便怀孕了。皇宫中有一个非常受宠的万贵妃，因为她身体不行，怀不了孩子，所以不允许别的女人给皇帝生孩子。她经常加害和宪宗有过关系的妃嫔及宫女。得知纪氏有孕，万贵妃便派人将纪氏母子毒杀于胎腹中。前去执行的小宫女却不忍心下手，便放了纪氏和朱祐樘一马。朱祐樘出生后只能躲藏在冷宫中被秘密抚养长大。直到六岁才得以与父亲明宪宗见面。后来宠妃万氏假意拉拢被立为太子的朱祐樘，想在宴请朱祐樘的饭菜中下毒。而朱祐樘听从劝诫对饭菜一口未吃而再次逃过一劫。万贵妃要挟明宪宗废掉朱祐樘的太子身份，宠妃万氏明白，如果朱祐樘上台，第一个要杀掉的就是她。就在这个时候泰山发生地震，朝内群臣纷纷进言，天生异象，太子不可废。朱祐樘又一次绝处逢生，逃过一劫。后宫争斗带来屡次生命危险，是他不可磨灭的童年阴影。所以他后来一生只娶妻一人，为避免后宫争斗，再也不娶任何嫔妃。他主动放弃了纵欲的生活，也杜绝了钩心斗角的后宫生活。弘治皇帝在生活上也能注意节俭。他一生只有张皇后一位妻子，不曾有其他妃嫔。中国的皇帝，后宫妃嫔众多，这是传统，而弘治皇帝却始终只有一位妻子，所以，无论在老百姓还是在史家心中，弘治皇帝都是一位好皇帝，大家对他的政绩是肯定的，对他的人品都抱有好感。

我翻阅了《佛山市志》，其中有伦文叙的殿试策文，节录如下：

《殿试策》

［明］伦文叙

臣对：

臣闻若天下者，有致治之法，有出治之大本。礼乐者，致治之大法也；天德者，出治之大本也。大本具而后大法可立，大法行而后大本以彰。本末相资，内外一道，不可以差殊功也。然大法行于天下，非智术所能为；大本存乎一心，非掩袭所能得。必其性诸天者，浑然完具，初无一所毫之亏欠，则其施诸治者，粲然明备，可以四达而不悖矣。苟法有未备，固无所恃以为治，而本之不纯，抑又何以立大法哉！《传》曰："有天德，便可语王道。"其以是欤？

钦惟皇帝陛下，禀神圣之资，际盈成之运，存心养性，以培植天下之根本者，无一日之不谨。化民成俗，以恢弘天下之治道者，无一事之不同矣。但善之可为，古人自以为不足；世虽极治，圣人犹以为未然。是以侧席求贤，临轩策士，询臣等以礼乐之治。上稽唐虞三代之盛美，下逮汉唐宋之得失，暨祖宗创业垂统之善，今日保邦致治之规，诚有天下之远图，安天下之至虑也。顾臣学术肤浅，何足以语此？然有问而对者，臣之职；有怀必吐者，臣之愿。敢不罄一日之敷言，以答千载之奇遇哉！

（原刊于《广东历代状元》。本文标点符号为编者所加）

在研究中，我发现，伦文叙在殿试对策中，不小心使用了"弘"字，直接冲撞了皇帝的名讳，但弘治皇帝似乎并没有不高兴，也没有与伦文叙计较这件事，最后还把状元封给了伦文叙。这件事，足可见这位皇帝心胸的宏阔。当然，这件事，是发生在没有记录错误的基础上的。之前没有人在意，我发现了故此提点一下，方便以后再做深入的研究。但无论怎么说，弘治一朝，多用正士。

主张清心寡欲与临政不惑的弘治皇帝则喜欢进行经筵讲座，

即经常邀请饱学之士对皇帝和皇子进行讲学活动，成为制度，不懈坚持。弘治元年（1488）三月，遵祖制开大小经筵。大经筵，每月逢二日举行，一月三次。小经筵则伴随皇子教育的各个阶段。伦文叙中状元后自然就成为经筵讲师。皇帝的这种喜好，也助推了民间的讲学活动。

应该讲，伦文叙及其儿子们最显赫的时代就在明朝正德年间。伦文叙于明朝正德元年（1506），改任安南正使，因母亲去世而没有上任；正德五年（1510），复任翰林院经筵讲学官，后来还参加修玉牒（皇帝家谱）；正德八年（1513）出任应天府主考，不久因病去世，享年46岁。

伦文叙还有三个儿子也中进士：长子以谅，明朝正德七年（1512）乡试举第一名（解元），正德十五年（1520）中进士，曾任浙江道御史。次子以训，号白山，明正德八年（1513）15岁时乡试中举（第六名）。正德十二年（1517）参加会试举第一名（会元）、殿试第二名（榜眼），官授翰林院编修、南京国子监祭酒。三子以诜，号德石，正德十四年（1519）17岁考中举人，明嘉靖十七年（1538）进士，授礼部仪制主事，再转南京兵部武选司郎中。后请归养母，不复出，在西樵山从湛甘泉等交游。卒于明万历十一年（1583），终年80岁。

伦文叙一家父子兄弟相继三元，即状元、会元、解元，古今罕见，皇帝御赐圣旨誉为"中原第一家"。此牌坊原在伦文叙故居附近，可惜在20世纪"文化大革命"中被毁。

历史学家对正德皇帝的评价大多是负面的，起码表扬不多。

古代史家写的明史如此，就连近现代历史学家吴晗也是大致如此。他们认为，武宗一生，贪杯、好色、尚兵、痴情于艺妓，所行之事多荒诞不经，为世人所诟病。但是，笔者认为，评价历史，要看你站在一个怎样的角度，例如站在百姓的角度，站在历史的角度，用认真考察的办法；例如地方上发生自然灾害，你作为皇帝怎样了解灾情，实施赈灾；又如国家被外族入侵，或者内部发生叛乱，你作为皇帝，如何平叛；又如，教育官僚要厉行节约，禁止吏民铺张浪费，作为皇帝，你干了什么。那么按照以上的标准再考察一下，我们就会发现，正德皇帝明武宗朱厚照还是做了一些好事的：1506年，朱厚照减了苏杭织造的岁币，禁止吏民在生活上的浪费；陕西有灾，就免了当地的税粮；1508年，南京、凤阳有灾情，安排赈灾；1511年，对发生了贼灾的地方免税一年；1519年，安排赈济灾民，并对相关地方免税五年。难道这是只知道混迹于女人堆里的皇帝可以干出的事吗？他一定不会像史书中说的那样不堪。

以往谁写历史？一般是有文化的人，具有封建正统思想的文化人，他们通常不会从老百姓的角度出发；而如果从老百姓的角度去重新认识正德皇帝，历史的烟尘将会慢慢远去。

应该客观地看，正德皇帝的父亲弘治皇帝是在苦难中成长的，他一生只生育了两个孩子，大儿子就是正德，小儿子夭折。小正德是含着金汤匙长大的，少年得志，少爷公子脾气，应该是有的，这位皇帝有其封建皇帝不受约束与荒诞不经和异类的一面，但也有对国家有贡献和对老百姓仁慈的一面，我们后人不应该苛求太严并落入封建伦理的俗套。有一则来自外国的资料很有意思。让我们翻开《剑桥中国明代史》，看看外国人是如何客观评价正德皇帝的：这实际上是16世纪明朝唯一一次赶走蒙古突击部队，而皇帝的亲临战场无疑促成了这个局面。

这里讲的是正德皇帝亲率大军大战蒙古王子的战斗场景。仗打得一波三折，大大小小的战斗累计起来有百余场。蒙古大军一度将明武宗的部队分割包围，形势万分危急。正德皇帝展示了自己的军事才能。在战场上，他与普通士兵同吃同住，俨然是一位出生入死、身经百战的大将军。皇帝这种不怕死的大无畏精神激发了前线将士们的斗志，最后把蒙古大军打回老家去。无论是谁，都不可否认正德皇帝是一个勇敢的人。诚然，皇帝御驾亲征是重大事情，不是儿戏；伟大时代需要弘毅勇气，伟大时代需要伟大精神。对于这个谁都容易多说少做的世界，难道不值得给予一点点表扬吗？难道还要继续求全责备吗？

另外，从艺术方面去考察，明武宗朱厚照是一个多才多艺的皇帝。他在踢球、骑马、射箭、打猎、音乐、戏曲很多方面都有不算差的造诣。据说，他曾经独立创作一首名为《杀边乐》的乐曲，乐曲配有笙、笛、琴、鼓等，听过的人对这首曲子的评价是专业级的水准。他还会讲葡萄牙语呢！

当然，以上只是笔者的一家之言！

十八、交办后事

1513年，春节刚过。伦文叙感到自己的身体越来越差。他最近老是在做梦。就在这一晚，他在梦中一连梦见了几个人。

伦文叙梦见了弘治皇帝。梦中，皇帝高高端坐在龙椅上，笑眯眯的，就像如来佛祖。皇帝对他说，伦爱卿，你的策论虽然让我听起来有点累，但是我觉得，我们的时代需要这种克服困难、奋发向上的精神，需要这种厚道的自我检点的精神。总之，我觉得，你的精神劲头是最好的，所以就钦点了你作为状元，希望你能将这种精神传给你的儿子们，传给广大的士子。伦文叙正准备回答，弘治皇帝却已进入云端，就像神龙一样不见了。

伦文叙又梦见了正德皇帝。梦中，一个小孩子端坐在桌子上，他正在听伦文叙讲落霞孤鹜呢。这是一个聪明的孩子，又是一个任性的孩子。孩子没有玩伴，显得孤单。这个孩子喜欢听月亮的故事，喜欢听乡间的故事，特别是发生在黎冲村的故事。伦文叙讲他因为找不到船回家而放声大哭的故事，这个孩子却哈哈大笑起来。他不能责怪主子，但是当他想去规劝学生的时候，学生却一下子不知道钻到哪里去玩了。

伦文叙还梦见了唐伯虎，就在桃花坞。梦中的桃花庵挺漂亮的，就像图画里面的。唐伯虎日子过得自由自在，虽然是贫困了一些，但是胜在自由。自己得了状元，却失去了自由；唐伯虎得到了自由，却又陷进贫困的境地中去。他不知道谁好谁不好，他想对唐伯虎讲点什么，但唐伯虎却对他不理不睬，转身飘然而去。

突然间有放鞭炮的声音，原来是邻家的孩子们在巷口放鞭炮。伦文叙的家门口，也贴着春联。今年春联，伦文叙叫大儿子伦以谅去写。以谅写的左联是"耕读传家久"，右联是"诗书继世长"，横批是"书香门第"。进入屋内，伦以谅来到病中父亲的床前。

伦文叙对大儿子说："谅儿，我们家靠读书持家立身，要多做学问之事，少参与政治纷争。实在不得已，要及时抽身出来。我已经风烛残年，将不久于人世。你要吸取我朝之初李善长、胡惟庸、刘伯温的教训。总之，老实人办老实事，苍天也会帮助你的。"

"父亲，李善长、胡惟庸被太祖满门抄斩，实在令人痛惜。我会更加小心谨慎。"以谅说，"父亲还有什么不放心的吗？"

"你做事一向有分寸，不像你二弟，虽则聪明，老是令我担心。要照顾好你的两位母亲大人，照顾你的弟弟妹妹。这个家，只怕今后你要多操持了。"伦文叙交代说。

"您放心养病吧，父亲大人，我会做好的。"说着就从袖卷里取出一张毛边纸，是小儿练习用的，上面用正楷工工整整写着：

潜心奋志上天台，看见嫦娥把桂栽。

偶遇广寒宫未闭，故将明月抱归来。

诗是伦文叙的诗句，是伦以谅八岁大儿子从容抄写的。

"字迹工整有力，态度端正认真。"伦文叙说道，"我在从容这个年龄的时候，已经没有了书读，因为家贫，我要去耕种，还要去卖菜。你告诉从容这一辈的小孩子，我们是靠读书兴家的，书中自有黄金屋，书中自有颜如玉，让他们练好做人的本领，打好学问的根基。"

"好的！父亲大人，我谨记了。"

1513年深秋的一天，外面已经很冷了。

以珊是伦文叙的三女儿，她上面有两个家姐，分别是以琼、以瑶；她下面有三个妹妹，分别是以瑚、以琳、以琅。按照父母之命，以珊、以瑚、以琳、以琅姐妹四个嫁给梁晨。梁晨就是太师梁储的孙子。

今天以珊单独一个人回家探望病重的父亲，见到母亲阿秀刚好喂父亲吃药，就接过药继续喂父亲。她说："爸爸，您今天气色很好。"看到父亲大人脸色很差，女儿尽量讲些让父亲高兴的话儿。

阿秀见到女儿，就说："我到下间煮饭睇火，你与爸爸说说话儿。"

阿秀出去了，屋里只留下父女二人。女儿拉着父亲的手说："爸爸，你的手很凉。"

"现在好一些，你来了，我感到身体温暖多了。"伦文叙将女儿拉近一些，告诉她，"珊珊，你知道，你的爷爷去世得早。他在世的时候，我想叫他一声父亲，却从来没有叫过。就这一点，你比我幸福了。"

"想叫就叫吧，为什么不叫？"女儿问。

"母亲告诉我，得管父亲叫八叔，要称她为八婶。"

"你自己的亲生爸爸妈妈，为什么叫八叔八婶？"

"是呀，我也想叫爸爸妈妈，可是母亲不许，她要我叫这个别扭的称呼，我就这样叫了他们一辈子，直至他们双双去世。"顿了顿，伦文叙说，"乡下人信佛、信道、信巫、信观音娘娘。来到京城，我才觉得愚昧；但在乡下，觉得这些是理所当然。"

"观音娘是谁？"

"一个巫婆，她告诉我母亲这些东西，母亲大人就将这混账话当圣旨，要我叫。我听她的话，也就叫了她一辈子八婶。我不敢迁怒于母亲大人，就将气全撒在这个巫婆身上。"

"你见过这个巫婆吗？"珊珊问。

"没有，是我母亲大人传话过来的。"伦文叙答。

"一个乡下巫婆的话可信吗？"珊珊再问。

"对于那个巫婆，我不信；但是母亲说出来的话，我就不能不听！"伦文叙说。

"爸爸，您是个孝子！还是一个忠臣。"珊珊说。

"我是忠臣孝子！"伦文叙笑了一笑说，"我还是一个幸福之人呢。珊珊，我告诉你，我得到了你大妈，她是老天爷送我的最珍贵的礼物，她给我带头生育了你的有出息的哥哥们。他们大都学有所成，连皇帝都夸奖，他们是我们家的骄傲啊！想当初，没有她在经济上救济我、帮扶我，使我得以专心苦读，我只能成为一个卖菜仔，是绝不可能考取功名的。"

"大妈说她对您是久闻大名，一见倾心！"珊珊说。

伦文叙笑了笑说："我得到了两个嫦娥。我还得到了你细妈，她是你大妈给我的一份最珍贵的礼物。她给我生育了你们姐妹四个，你们是玉皇大帝给我送来的嫦娥小仙女。"伦文叙沉浸在美好回忆之中。

珊珊说："玉皇大帝太照顾您了，怎么月亮上的仙女都到了爸爸这里？"

伦文叙说："老天太照顾我了！我得到了你们！老天也太残忍了，要让我这么早就离开你们！"

珊珊说："不是的呀爸爸，我听细妈说，能够嫁给您，是她一生的幸福。她为此而感到自豪，您是状元郎呀！您本来可以做驸马爷的呀——她只是一个乡下的丫鬟。"

顿了顿，珊珊鼻子抽了一下，接着说："细妈说，她这个乡下丫鬟，是您将她带到了幸福的天堂。"

"天堂？"伦文叙说，"天堂里住着嫦娥，你大妈就是嫦娥，名叫阿桂；你细妈就是嫦娥的妹妹，名叫阿秀。"

> 潜心奋志上天台，看见嫦娥把桂栽。
> 偶遇广寒宫未闭，故将明月抱归来。

念着父亲大人的诗句，珊珊的泪水涌了出来。

伦文叙用冰凉的手将珊珊的泪水抹去，他跟女儿说："古代有个很厉害的读书人，叫李白。他说：'事了拂衣去，深藏功与名。'他是厉害之人，家里不用担心经济，我不行。我这辈子，特别是少年的时候，家里实在是太穷了。我都穷怕了，我没有李白的文才，也没有他的潇洒劲儿。"

"爸爸，我觉得您不比李白差，晨哥也称您为偶像。他能够有您一半，我就安乐满足了。"珊珊说的是梁晨，就是她的丈夫。

"不能这样说，梁太师才是我的偶像，他还是我的恩公。晨儿我是看着他长大的。我这样安排，你不会责怪父亲吧？"

"晨儿其实已经很不错了，我是羡慕两位妈妈而已。"珊珊悠悠地说。

"不责怪就好，我可以放心地走了。"伦文叙说。

"爸爸，您会逢凶化吉的，您身体会越来越好的。不要胡思乱想。"

"珊珊，现在我们家已经不再是穷困之家了，而是官宦之家，上上之家，你要知足。容易得到的东西，就容易失去。"伦文叙继续说，"你大妈和细妈这里，你不用担心，她们跟随你三哥住。你三哥定会照顾好她们的。你下面有三个妹妹跟着你，你一定要带好头，学会贤惠礼让，让她们感到关怀，感到满足，也要让丈夫感到幸福和满足。"

"我一定会让他们感到幸福和满足，至于他们幸福不幸福，满足不满足，感怀不感怀，我管不了，我只能尽力做好我自己。"

"珊珊，你是一个好孩子，自小就让我和你大妈细妈放心，我还是忍不住提醒一下。"

"爸爸，您放心吧！"以珊抓住父亲冰凉的手，鼻子一酸，不再说话了。

伦文叙觉得还有一件事要交待，就说对女儿说："回去告诉外孙们，不要偷懒学坏，要早起，须知道，早起的鸟儿有虫食。早起两天，就攒足一天的时间。"

"好的，放心吧，爸爸！"

1513年底，伦文叙去世，享年47岁。去世前，他已经神志迷迷糊糊的，做了许多梦。花非花？梦非梦？梦里云破月来花弄影！梦中，伦文叙依稀听到扒船木桨的声音，还依稀见到父亲母亲拿着船桨来摆渡接他回家。父亲的形象高大而有点驼背，脸上有许多皱纹；母亲的形象很纤瘦，却姿容美丽、神态动人。

梦里他想叫爸爸妈妈，但就是开不了口。他对父亲叫了一声"八叔"，对母亲叫了声"八婶"。他这一辈子，没有叫过"父亲""母亲"这两个称呼，只叫过八叔、八婶。乡下人迷信，认为叫爸爸妈妈不吉利，不利于孩子成长，并且对父母双亲也不好，就改称"叔"和"婶"。

母亲告诉过小文叙，是观音娘让这么叫的，就叫八叔和八婶。小文叙问，叫爸爸妈妈不行吗？母亲大人说，不行，观音娘说过，叫八叔、八婶，这样父亲母亲才能长寿，孩儿将来才能聪明有出息。观音娘还说了，你这个孩子长相奇特，神采丰姿，将来一定能高中；你这个孩子人品出众，命中虽有小人出现，但也会遇到大贵人相助，逢凶化吉，遇难呈祥。

小文叙心里想，我会高中，我能够得到贵人相助，这当然美好，但是我能够叫声爸爸妈妈吗？别人都是这样叫的，为什么我不能叫？别人都有爸爸妈妈，为什么我只有叔和婶？

母亲摸着他的头说，孩子，长命更加重要，高中才有出息，贵人相助才更加容易成功！

　　突然之间，这位被称"八婶"的妈妈不见了，代之而来的是西河口甘蔗地上满天的彩霞。伦文叙顿时觉得全身神清气爽，觉得就要飞升天外，成为天仙。他不再感到劳累，不再感到口渴，感到逍遥自得。他要到天空云彩里去了，那里八叔和八婶在等候着他。他不会害怕孤单，不会害怕天黑没有船回家。虽然清明时节小雨纷纷，他却要回到故乡黎冲，趁着潮水退去，到小河里摸虾。母亲从地里割了些新鲜嫩滑的荞头，就着河虾炒荞头，荞头熟了依然清绿可口，河虾熟了却从青色变成通红。饭桌上没有别的菜了，母亲用筷子将最后一只河虾和最后一段荞头夹到小文叙碗里，顿时他感到无比幸福与快乐。因为，那是故乡的味道，那是清明的味道，那是母亲的味道。

　　接着还有另一个梦境，伦文叙拿起船桨，来摆渡接妻子儿女们回老家黎冲。由于儿女们实在太多了，他只得分两船，第一船先接男孩子，因为他们要上京赶考；第二船接女孩子。但怎么接，都少了一个。少了谁呢？原来少了那个最聪明、最调皮的训儿。训儿本来是可以得到状元的，皇帝却说，伦文叙你已经是状元了，你们家那么多进士，今科状元就让与别人嘛。皇帝是他的学生，他正想与皇帝辩驳的时候，梦就断了，怎么也争取不到了。只觉得，就在这世上匆匆而过，任何欢乐也想抓紧尝它一尝，就这样放手，他于心不忍！然而他却用不上力，他在痛苦之中还是幸福之中？他自己也说不清楚！

吴有莲临明末清初画家王原祁（1642—1715）作品（局部）

十九、世界在变

"先生，五百年前的事情，我有点晕了，我连现在的事情也搞不清楚，何况五百年前的事情呢？"小山埋怨。

"不用急，慢慢来。这怪我，没有理清年份。这样吧，我来草拟一份简要大事年表。按照年表，讲几件大事。我从1499年说起好吗？"先生回答。

"那有劳先生了！"这个小家伙嘴挺甜的。

"小山，你还记得1499年这一年吧？"先生问道。

"伦文叙就是在这一年中状元的！"小山马上醒悟。

"对啦，我们现在讲一讲1499年的世界。这一年，亚美利哥发现了美洲新大陆！"先生说道。

"亚美利哥是谁？"小山问道。

"亚美利哥是一位航海探险家。我们现在所说的美洲，包括北美洲和南美洲，它的全名叫亚美利加洲，是英文America的音译。它的名称是怎样来的呢？这得从15世纪末到16世纪初，欧洲人发现新大陆这件事讲起。意大利航海家哥伦布曾从欧洲向西航行，寻找通往印度的新航线。他于1492年10月到达加勒比海的一些岛屿，却误以为到达印度。与此同时，有一个叫亚美利哥的人，于1497—1504年的七八年间，也先后四次航行到哥伦布所'发现'的南美洲北部。1499年从海上驶往印度。他们沿着哥伦布所走过的航路向前航行，克服重重困难终于到达美洲大陆。亚美利哥对南美洲东北部沿岸做了详细考察，绘制了一幅最新地图，出版了一本《海上旅行故事集》的游记。书中详细叙述了发现新大陆的经过，并对新大陆进行了绘声绘色的描述与渲染。于是，法国几个学者便修改和补充了中世纪地理权威学者著作《宇宙学》，并以亚美利哥的名字为新大陆命名，以表彰他对人类认识世界所做的杰出贡献。"先生说道。

"我明白了，亚美利哥是一个人，亚美利加是这个人发现的美洲新大陆。而1499年就是伦文叙中状元的那一年！"小山说道。

"明清以后，我国渐弱，西欧渐强。祖国山河破碎，一系列的不平等条约强加于我们头上。"先生回答。

"我们应该怎么办？"小山问道。

"勿记国耻，奋发自强！要记住，这个世界原是怎样的，不是他们所说的西方一切都好，他们靠抢劫发家的。但是现在我们先要学习他们的长处，将来使我们的国家立于不败之地！就算将来我们振兴了，也不要忘记他们的入侵，他们就是我们的老师，失败就是最好的老师！"先生回答。

"先生，您不是说有个时间列表的吗？"小山问道。

先生说，对，1499年前后的时间列表如下：

1298年，《马可·波罗游记》在欧洲广泛流传，激起了欧洲人对东方财富的渴望。该书对印度和中国财富的夸张描述，进一步激发了欧洲上层寻找黄金的热情，他们对黄金的追求最终引发了新航路的开辟。

　　1487—1488年，葡萄牙的巴托洛梅乌·迪亚斯航行抵达好望角。10年后，瓦斯科·达·伽马探险，航行绕过非洲。

　　1492年，哥伦布踏上新大陆，登陆墨西哥，并宣布美洲为西班牙领土。西班牙就此在加勒比海和美洲沿岸陆续设立据点并向内陆推进，其中军事征服一直伴随着探险活动。

　　1495年，瓦斯科·达·伽马抵达印度海岸。

　　1496年，作为海上强国的葡萄牙到达全盛时期。葡萄牙在非洲和印度沿岸修建要塞和贸易据点，控制了销往欧洲的香料贸易。通过与一些非洲部落首领合作，他们把大量奴隶运到欧洲市场。葡萄牙的轻型多桅帆船占据了世界的各大洋。

　　1500年，佩德罗·阿尔德瓦斯·卡布拉尔宣称巴西为葡萄牙领土，就此确保了葡萄牙在南美洲的地位。

　　1503年，意大利画家达·芬奇受佛罗伦萨一位富商委托，为其夫人创作了肖像油画《蒙娜丽莎》，后来这幅画成为世界名画。

　　1511年，葡萄牙殖民者占领马六甲。

　　1513年，葡萄牙殖民者开始与中国人通商。

　　1517年，奥古斯丁的修士马丁·路德公开批评天主教会的基本教义，反对"灵魂的救赎需要通过购买圣恩来实现"这一观念，最终导致新教社区和教会组织在欧洲的兴起。

　　1518年3月22日，西班牙国王接见了麦哲伦，麦哲伦再次提出了航海的请求，并献给了国王一个自制的精致的彩色地球仪。国王很快就答应了他。

　　1519年，在西班牙国王的指令下，麦哲伦组织了一支由五艘船组成的船队，随行船员265人。

1521年3月16日，一支西班牙舰队突然出现在菲律宾岛附近。也就是说，麦哲伦终于克服重重险阻，穿越美洲，并抵达亚洲。麦哲伦首次横渡太平洋，在世界航海史上产生了一场革命。

1543年，英法战争重新开战，亨利八世为了打击法国航运，颁发大批私掠许可证，英国海盗四面出击，奉旨打劫。

1557年，葡萄牙殖民者窃占中国澳门为殖民据点。

1624年，荷兰殖民者侵占"台湾"。38年之后，被民族英雄郑成功驱逐。"台湾"光复。

1840年，英国入侵中国广东，为迫使晚清就范，就在离伦文叙家乡不足一百公里的东莞，率先从虎门沙角和大角炮台发起进攻。两炮台失陷，被英军占领。清军以战败而告终，之后签订《广州和约》。

1842年，晚清政府与英国殖民者又签订丧权辱国的《南京条约》，租借香港"新界"99年，香港其余部分被割让。

1868年，英国海外殖民开始。他们不是先行者，他们是后起之秀，最后成为世界霸主。

"先生，伦文叙在世的时候，欧洲是啥样子？"小山问道。

"15世纪，奥斯曼帝国控制了亚洲和欧洲的陆上通道，为了开辟新的商路和筹集商品经济快速发展所需的货币，欧洲新兴资产阶级开始寻找通往中国和印度的新航路。历经迪亚斯、麦哲伦和达·伽马等人的探索，欧洲人开辟了通往印度和美洲的航路，并发现了新大陆。新航线的开辟使西欧与世界各地之间的联系加强，为资本主义发展提供了丰富的生产资料和广阔的市场，但随之而来的殖民掠夺也给美洲和亚洲等国家带来深重的灾难。当时的欧洲大概是这个样子。"先生回答。

"新航线开辟的背景是什么？"小山问道。

"背景有五个：一是亚洲和欧洲的陆上通道落入了奥斯曼帝国的控制之中，二是对新殖民地和财富的渴望，三是对黄金的渴求，四是航海技术的进步，五是地理知识的传播。"先生回答道。

扫码查看
☑ 配套插图
☑ 科举趣事
☑ 状元趣话
☑ 科举文化

二十、葡西航海

逸洲先生晚上做了一个梦，梦见自己孤身一人走在葡萄牙首都里斯本海边大街上。那是一个斜坡，街道上铺了鹅卵石，往下走就到大海边。华灯初上，街景虽然模糊不清，但与雨中澳门街景非常相像。梦醒后第二天，他便向小山讲述佛郎机国的故事。

"先生，佛郎机国是哪一个国家呢？"小山问道。

"明朝人称葡萄牙为佛郎机国。"先生回答。

"伦文叙去过佛郎机吗？"小山问道。

"没去过，他哪有条件去呢？"先生回答。

"谁知道呢？"小山问道。

"正德皇帝知道，他还会说佛郎机话呢。"先生回答。

"真的吗？那正德皇帝不就是个语言天才？"小山问道。

"对，天才！绝对的天才。"先生答道。

"正德皇帝为什么语言这么厉害呢？"小山对正德皇帝的语言天分饶有兴趣。

"没有证据显示，伦文叙对佛郎机这个国家有多少认识；但正德皇帝对这个世界的认知也许会比伦文叙多得多，至少对佛郎机国的认识肯定会比伦文叙多得多。为什么这样说呢？因为正德皇帝通过与佛郎机人交涉，知道远在重洋的佛郎机人，他们有坚船利炮，许多东西不只是雕虫小技，而是比大明帝国还先进许多。"

先生回答。

"正德皇帝朱厚照真是一位不可多得的语言天才，他可能是中国唯一会说葡萄牙语的皇帝。他不仅知道佛郎机这个国家，而且居然还会使用佛郎机人的语言与他们进行交谈。"先生继续回答。

"伦文叙没有教正德皇帝佛郎机语言，那又是谁教他的？"小山提问。

"这不是天方夜谭，而是得益于一个名叫火者亚三的翻译。这个翻译是佛郎机人从东南亚的马六甲带来的。"先生回答道。

"这是怎么回事？"小山问道。

"当时，正德皇帝接见特使，他对佛郎机人提出的通商、贸易等事宜兴趣不大，倒是与翻译火者亚三相谈甚欢，还跟他学起葡萄牙语。正德皇帝虽然比较'调皮'，可他真是具有语言天赋，没过多久，就能说得一口流利的葡萄牙语，可以与葡萄牙人进行对话。"先生回答。

"正德皇帝比我还调皮吗？"小山问道。

"还没有你调皮！"先生笑着回答，"后来，正德皇帝还将火者亚三留在朝廷里，以便随时向他请教葡萄牙语。火者亚三与正德皇帝的另一名宠臣江彬打得火热，在朝廷里招摇过市，引起了许多大臣的不满。1521年4月20日，正德皇帝因病去世。就在正德皇帝去世当天，皇太后根据大臣们的意见，降旨逮捕了江彬，不久又下令将他抄家。随后，又以火者亚三与江彬相互勾结为由，将火者亚三处死。"

"佛郎机人首先入侵中国？"小山问道。

"弘治十二年，即1499年，那年伦文叙高中状元。就在这一年7月10日，经过两年的别离后，达·伽马的船队满载着东方的香料、宝石、丝绸和象牙制品回到葡萄牙里斯本，受到英雄凯旋式的接待。这次远航实现了葡萄牙人一百多年来的梦想，船队所得到的纯利竟超过航行费用的多倍。达·伽马带回的印度货物样品成为大规模侵略扩张运动的催化剂。自此，葡萄牙人的武装船队多次入侵亚洲。"先生解答。

"达·伽马是佛郎机第一个探险人？"小山问道。

"第一个探险人是巴托洛缪·迪亚斯。"先生回答。

"15世纪末，欧洲发现了通往亚洲的航路。当时，葡萄牙正处于鼎盛阶段，利用海洋力量的优势，在全球范围内攻城略地，圈占殖民地。1514年，葡萄牙人来到中国广东沿海，进行经商贸易活动。后来，明朝军队驱赶葡萄牙海盗后获取的一种铁制后装滑膛加农炮，被称为'佛郎机大炮'。"先生继续回答道。

"为什么我们老被欺负？"小山问道。

"我们首先不要忙于去指责别人的坏，而应该主动地审视自己落后的地方，落后就要挨打嘛。"先生回答。

"佛郎机人最终赖在澳门了？"小山问道。

"自从葡萄牙人获得在澳门的居住权，而明朝在得到对方'代守疆土、永世恭顺'的保证后，也默许了葡萄牙对澳门的管理。此后葡萄牙果然信守承诺，不仅年年纳税，而且帮助明朝抗击了英国、荷兰的武装入侵，这也使得明廷对葡萄牙更为信任。后来清朝取代了明朝，但在清朝统治者眼中，外夷在沿海孤岛上建立的居留点和土匪在大山建立的山寨没什么区别，而且这些外夷遵守王法、年年纳税，比起那些对朝廷不恭的山贼强多了。既然如此，朝廷何必急着收回这片弹丸之地呢？再者，尽管澳门被葡萄牙占据，但清朝并非完全没有对澳门事务进行管理的权力。作为最早的通商口岸，澳门发挥着大清了解世界的'窗口'作用，所有这些都决定了清朝不会急着收复澳门。不过这样的情况延续到1887年就有了不一样的性质，因为此时清朝已经危若累卵，包括葡萄牙在内的欧洲列强无不想方设法从大清身上榨取利益。"先生回答。

"澳门被佛郎机人侵占了多少年？"小山问道。

"1887年12月，葡萄牙强迫大清签订《中葡和好通商条约》，自此清朝从法律意义上失去了对澳门的控制权。直到1999年12月20日，澳门再次回归祖国怀抱，此时距离明嘉靖三十二年已经过去了四百多年。"先生回答说。

"先生，佛郎机国这么厉害，它肯定可以称霸全世界了？"小山问道。

"世界潮流，浩浩荡荡。当初佛郎机国有它威风的一面，但很快，由于错过了一个人，这个世界海洋霸主的地位就衰落了，于是风水就轮到西班牙的头上。"先生回答说。

"此话怎解？"小山问道。

"情况是这样的，世界上出了一个哥伦布。早在1474年，意大利热那亚的水手哥伦布就产生了从欧洲向西前往中国和印度的想法。为了将自己的想法付诸实施，哥伦布先后请求英国国王和葡萄牙国王的支持，均遭拒绝。1486年，他又一次求助于西班牙国王，几经周折，直到1492年西班牙完成统一后才被西班牙国王允准。"

"哥伦布成功了吗？"小山问道。

"1492年，西班牙国王授哥伦布以'海军大将'军衔，预封他为'新发现土地的世袭总督'，允许哥伦布把新土地所有收入的十分之一留为己有。同年8月3日，哥伦布率水手88名，分乘三艘帆船，从巴罗港出发，经过69天的艰苦航行，于10月12日到达巴哈马群岛中的一个小岛。哥伦布将其命名为'圣萨尔瓦多'（意思是救世主），并错误地认为这就是他想发现的印度，称当地居民为印第安人。"先生回答。

"哥伦布找到了印度和中国？"小山问道。

"他以为是这样，实际上却是找到了新大陆，这就是美洲新大陆。这个发现不得了，一下子为西班牙打开了一个新世界，开辟了一块很大的新殖民地。他们很快就超过了葡萄牙，成为新的世界霸主。"先生回答。

"先生，你去过西班牙吗？"小山问道。

"去过的，马德里、巴塞罗那、格拉纳达等。我的女儿就在马德里读过书，我去探她，顺路就看看哥伦布的足迹，考察一番。"

"先生，是不是有一大堆的西欧国家侵占过中国的领土？"小山问道。

"对，在侵占过中国领土的西欧国家名单之中，有一个国家叫佛郎机，有一个叫西班牙，还有一个叫荷兰，还有一个叫英国，其他的就不说了，因为离伦文叙的时代越来越远。"先生回答。

"伦文叙知道了将有何想法？"小山探问。

"我们不应该苛求古人，但是我们可以要求自己：不自强就面临灭顶之灾。资本主义那一套，从来不跟你讲什么仁义道德，讲也是假的，它只跟你讲实力。没有实力，你就等着挨打吧。"先生回答。

"伦文叙的民间传奇故事是很多，但时至今日，还没有任何有关伦文叙与葡萄牙、西班牙、荷兰等国的交涉情况。也就是说，在当时国人心目中高高在上的大明朝就是世界，具有至高无上的地位，其余国家只不过鸡毛小国，不足挂齿。身处岭南具有开放包容气质而且在早年饱经艰辛的伦文叙状元尚且如此，就不用说其他国人了。"先生继续说道。

"当时我们的国人不同外国人做生意吗？"小山问道。

"做呀，伦文叙的舅父梁振兴，伦文叙的岳父九叔，都曾与外国人做生意的。但是那个时代的人，从皇帝到平常百姓，他们只知道大明朝厉害，不知道世界正在悄悄改变！"先生回答。

"伦文叙那个朝代的世界正发生翻天覆地的变化？"小山问道。

"对呀，1513年伦文叙逝世，其实大明朝已经从世界大潮中逐渐走向衰败，虽然后面还有大清国。但假如没有人把新大陆的红薯、玉米等高产耐旱的作物传输进来，这个庞大的帝国可能迫于人口压力，根本维持不到后面。"先生说道。

"1513年左右的世界情况又是怎样的？"小山问道。

"当葡萄牙人在1514年不宣而战占领了香港屯门的时候，西班牙就在美洲大肆劫掠。葡萄牙人成为全球霸主在前，西班牙人成为世界霸主在后。"先生回答。

"中国凭什么吸引西方列强？"小山问道。

"欧洲人对东方香料的垂青，对黄金的渴望，对殖民地一本万利的垂涎，促使他们如苍蝇叮住腐肉一样。"先生回答说。

"麦哲伦是葡萄牙的还是西班牙的？"小山问道。

"1517年10月20日，郁郁不得志的麦哲伦离开了令他伤心的祖国葡萄牙，来到西班牙塞利维亚寻求新生活，并又一次提出环球航行请求。塞利维亚要塞司令巴尔波查非常欣赏他的才能和勇气，盛情接待了他。巴尔波查不仅把女儿嫁给了麦哲伦，还向西班牙国王举荐了他。"

"麦哲伦后来又如何？"小山问道。

"1518年3月22日，西班牙国王接见了麦哲伦，麦哲伦再次提出了航海的请求，并献给了国王一个自制的精致的彩色地球仪。国王很快就答应了他。1519年，在国王的指令下，麦哲伦组织了一支由五艘船组成的船队，随行船员265人。就在正德帝遗诏正式颁发的20多天前，也就是1521年3月16日，一支西班牙舰队突然出现在菲律宾岛附近。麦哲伦终于克服重重险阻，穿越美洲，并抵达亚洲。麦哲伦首次横渡太平洋，在世界航海史上产生了一场革命。"先生说道。

"这可是件大事啊！麦哲伦航海是为了发财吗？"小山问道。

"没有谁可以先知先觉，能够在那时就预知欧洲未来的辉煌；即便当时的欧洲人，对历史的大势，也是模模糊糊。历史的进程不以人的理性所能预先安排设计，西方世界一路走到今天，他们因为某种机缘，被一种神秘的力量裹挟而行。达·伽马、哥伦布、麦哲伦等人去海外冒险，主要的动机并非追求西方未来的全球霸权，他们当时懵懵懂懂，只是想着顺应时势，到海外寻找财富，改变自己的命运。"先生回答。

二十一、大英帝国

受母亲的影响，小山的英语成绩很好，在学校里是英语科代表，并经常代表学校到外面参加比赛，得了不少奖项。知道了这些情况，逸洲先生在讲述英国时就留了一个心眼。

"小山，你来讲讲英国的情况吧。"先生反客为主问道。

以往，一般是学生提问题，先生回答。现在先生来了这么一手，学生怔了一怔。心想先生今天反常了，但若不回答就显得不够专心。这是一个开放性的问题，在学生与先生的问答之间，已经进行了几百次交锋。于是，小山滴水不漏地说："是说一说伦文叙时代的英国情况呢，还是说一说现在的英国情况呢？"

"都可以！"先生模棱两可地说。

"是不是英国崛起于葡萄牙与西班牙之后？"小山反问。

"伦文叙死于1513年。伦文叙死的时候，世界到底是怎样的情况，让我们睁开眼睛看一看：继葡萄牙、西班牙之后，荷兰、英国、法国也在16世纪末开始了海外探险和殖民侵略。葡萄牙占领了澳门，将澳门变为它的殖民地；荷兰入侵台湾，殖民台湾。英国曾霸占了新界长达99年之久，将香港作为它的殖民地。西班牙曾是世界霸主，英国后来居上，比西班牙还厉害！"先生说道。

"葡萄牙与西班牙为什么又落后了呢？"小山问道。

"随着海外探险活动的开展和新航路的开辟，葡萄牙和西班牙率先登上殖民侵略的舞台。到16世纪中叶，葡萄牙的海外殖民扩张达到了鼎盛阶段，垄断了欧、亚、非之间的主要贸易通道。但是大量金银的流入并没有促进两国经济的发展，反而引起国内的物价上涨，导致经济实力的下降。16世纪，两国海上霸权地位逐渐被荷兰和英国取代。"

"当时欧洲是什么情况呢？"小山问道。

"当时的欧洲实行多项改革运动，其中最重要的一项是宗教改革运动，宗教改革运动通常被认为是现代世界的开端。伴随文艺复兴运动、科学革命、欧洲人发现美洲大陆、宗教改革运动等改变了西方对世界的认知。"

"为什么西欧的强大要从宗教说起呢？"小山不解。

"当时的中国人不会理解这些西洋人的宗教世界和理论认知，伦文叙自然也不会明白，这个世界上居然有人是这样思维的：一群被大海折磨得死去活来的白人，终于在漆黑的夜里狼狈不堪地登上岸，又饥又寒，闻讯赶来的印第安人热情地伸出援手。但第二天太阳出来后，白人忽然发现，眼前竟然是如此广袤而富饶的一片土地，立刻跪下来，感谢上帝，把这么一块肥沃而辽阔的土地赐给他们。难道这土地原来没有主人吗？白人们觉得这是天经地义的，认为这是上帝的旨意，是上帝已赐给他们的，就行了，不会有一丁点道德不适感。你说这块土地有主人，那好，拿契约来证明土地是谁的！这就是这些白人的思想解放，这就是这些白人的强盗逻辑，这就是经过宗教改革之后的新教伦理的可怕之处，这就是他们所说的契约精神！这就是西方殖民主义者的世界观和方法论。熟读'四书五经'的伦文叙怎么会理解呢？他是至死也不会理解的！"先生慷慨激昂地说。

"新教使西方获得了思想解放与财富满足？"小山问道。

"新教理论的确立，确实促进了资本主义发展，因为传统基督教对人性及道德的束缚太大了。而新教伦理的确立，把人彻底从教义乃至世俗道德中解放出来，从此就可以理直气壮地做一切有利于自己的事。每个人都只追求自己的私利，而且可以不择手段。那么，最终一个充满创造活力、创造精神，并且依靠法律和契约来维持的、法理意义上的'理想社会'就诞生了。所以马克思说，资本主义用了不到一百年的时间，就创造了过去几千年人类创造的财富。"先生回答。

"英国什么时候打进了香港？"小山问道。

"1840年英国入侵中国广东。为迫使清廷就范，就在离伦文叙家乡不足一百公里的东莞，率先从虎门沙角和大角炮台发起进攻。两炮台失陷，被英军占领。清军以战败而告终，之后签订《广州和约》。1842年，晚清政府与英国殖民者又签订丧权辱国的《南京条约》，租借香港'新界'99年，香港其余部分被割让。"先生回答。

"明朝和清朝的军队都不是洋枪洋炮的对手？"小山问道。

"洋枪洋炮遇上冷兵器，简直就是降维屠杀！"先生说道。

"什么人推动英国的改革开放及对外进攻？"小山问道。

"一个是英国国王亨利八世，一个是'童贞女王'伊丽莎白一世。1543年英法战争重新开启，亨利八世为了打击法国航运，颁发大批私掠许可证，英国海盗四面出击，奉旨打劫。"先生回答说，"英国的殖民侵略，简直是血迹斑斑。"

"伦文叙过世后的世界，是一个虎狼世界？"小山问道。

"英国海外殖民开始于1868年，他们不是先行者，而是后起之秀。"先生回答。

"为什么英国能成为世界霸主？"小山问道。

"这个问题很复杂，你以后可以进行单独研究，我在这里特别举一个文化的例子。剑桥大学的国王学院由亨利六世于1441年创立。在创建过程中，'玫瑰战争'爆发，亨利六世沦为阶下囚，工程被迫停工。此后亨利七世调拨资金重新启动工程，直到亨利八世去世的1547年才正式竣工。国王学院内的国王礼拜堂是剑桥建筑的一大代表，礼拜堂四面的彩色玻璃皆以圣经故事为背景，也是中世纪晚期英国建筑的重要典范。"先生回答。

"说什么呢？"小山不解。

"重视知识，重视人才，现代国家概念，现代教育的概念。明朝有吗？人才首先是人才，他不是封建王朝的奴才与蠢材，不像朱元璋杀李善长、胡惟庸，刘伯温之死与朱元璋也脱不了关系。伦文叙作为状元，他对人类有什么杰出贡献呢？明朝至今，现代意义上的教育它出不来。小山同学，你说一说嘛！"先生说道。

"这个问题，我回答不上。"小山干脆地说。

"在这一点上，西方资本主义发展有许多值得我们学习的东西，即使以后我们发展进步了，也不应忘记！"先生回答。

二十二、七下西洋

"1513年还有什么情况？"小山问道。

"举个例子吧，文艺复兴时期就发生在14—16世纪的欧洲。意大利有一个叫尼科洛·马基雅维利的伟大思想家，他在1513年下半年开始动笔写《君主论》，大谈治国之道。"先生回答。

"荷兰的情况又怎样？"小山比较关心荷兰。

"1624年，荷兰殖民者侵占台湾。"先生答道。

"荷兰殖民侵略者侵占台湾多少年？"小山问道。

"在台湾盘踞了38年，其殖民统治激起了台湾人民的反抗。后来民族英雄郑成功驱逐荷兰人，收复了台湾。"先生回答。

"明朝就这么弱小可欺？"小山问道。

"在他们入侵之前，明朝早就有郑和七下西洋，这在当时就是世界的壮举。只不过，在中国人的文化基因里，爱好和平的因素多，郑和下西洋没有演变成侵略、掠夺和占领。"先生回答说。

"郑和是太监？"学生问道。

"郑和，一说本姓马，小字三宝，云南昆明州（今晋宁）人，回族，世奉伊斯兰教。12岁入燕王朱棣藩邸，为宦者。朱棣称帝后，升为内官监太监，赐姓郑。世称'三保（三宝）太监'。郑和有才能，又是伊斯兰教徒，时南洋诸国多奉伊斯兰教，因之成祖欲遣人前往，郑和便入选。明代以婆罗洲（今加里曼丹）以东为东洋，以西为西洋。郑和所到之处大都在婆罗洲以西，所以称郑和下西洋。"先生回答。

"郑和为什么要下西洋？"小山问。

"当时的中国是世界第一文明帝国。明成祖命郑和下西洋的原因，主要是为了宣扬中国的国威，扩大中国在海外的政治影响，招致'四夷臣服''万国来朝'的人类领袖的无上荣光。此外，也是为了发展海外贸易，尤其是朝贡性质的交换贸易，让各国以朝贡的形式来中国做买卖。也有说郑和航行的目的在于追寻建文帝的踪迹。当然建文帝的下落不明，在明成祖不能没有疑问，使郑和兼有这样动机也未尝不可。"先生回答。

"郑和下了七次西洋？"小山问道。

"郑和奉命出使西洋，从明朝永乐三年（1405）至宣德八年（1433），总共七次，去了20多个地方。"先生说道，

"第一次是永乐三年（1405）冬至永乐五年（1407）九月，第二次是永乐五年（1407）冬至永乐七年（1409）夏末，第三次是永乐七年（1409）九月至永乐九年（1411）六月，第四次是永乐十一年（1413）冬至永乐十三年（1415）七月，第五次是永乐十五年（1417）冬至永乐十七年（1419）七月，第六次是永乐十九年（1421）春至永乐二十年（1422）八月，第七次是宣德六年（1431）十二月至宣德八年（1433）七月。

"郑和到过的地方有渤泥（今加里曼丹）、满剌加（今马来半岛南端马六甲）、彭亨（在今马来半岛）、苏门答腊、旧港（今苏门答腊岛巨港）、三佛齐（今巨港一带）、爪哇、苏禄（今菲律宾苏禄群岛）、占城（今越南中部）、真腊（今柬埔寨）、暹

罗（今泰国）、榜葛剌（今孟加拉）、古里（今印度西海岸科泽科德）、小葛兰（今印度西海岸）、锡兰山（今斯里兰卡）、溜山（今马尔代夫群岛）、忽鲁谟斯（今霍尔木兹、属伊朗）、阿丹（今亚丁）、天方（今麦加）、木骨都束（今非洲东岸、索马里摩加迪沙）、卜剌哇（今索马里的布腊瓦）、竹步（今索马里的朱巴河口一带）、麻林（今肯尼亚的马林迪）。"

"郑和时代的中国实力远超西欧？"小山问道。

"是。1405—1433年，郑和率领船队七下西洋，前后二十余年，经历了亚非三十多个国家和地区，最远处到达了红海的海口和非洲东岸，并且穿越了赤道。遗憾的是唯独没有到达欧洲。此时的欧洲经过漫长的黑暗世纪之后，开展了文艺复兴运动，开始向文明迈进。如果能与欧洲通航，也许中国就不会太过自大自狂了。至少知道，有一个地方文明正在赶超中国。"先生回答。

"郑和下西洋其船队规模如何？"小山问道。

"郑和下西洋发生在地理大发现之前，开始于1405年。这比哥伦布在1492年到美洲要早87年，比迪亚斯在1487年发现好望角要早82年，比达·伽马在1498年到达印度卡里库特要早93年，比麦哲伦在1521年到达菲律宾要早116年。郑和下西洋的规模是无与伦比的。如第一次下西洋时，有大型宝船62艘，精锐官兵27800余人。第三次下西洋时，有大型宝船48艘，官兵27000余人。第四次下西洋时，有大型宝船63艘，官兵27600余人。第七次下西洋时，有宝船61艘，官兵27500余人。"小山说道。

"郑和可以大肆抢掠？"学生问道。

"中国军队并不像欧洲那样，以掠夺、占领、屠杀和贸易为最大目的，它是一个和平舰队，一个传播先进文明的舰队。"先生回答道。

"郑和船队的船大吗？"小山再问。

"郑和的宝船大者长四十四丈四尺（合138余米），阔十八丈（合56米）。这种宝船有九桅，张十二帆，'体势巍然，巨无与比，篷帆锚舵二三百人莫能举动'。这是当时世界上最大的舰船。而达·伽马去印度仅有四船、约160人，哥伦布去美洲仅有三船、80余人，麦哲伦去菲律宾仅有五船、260余人，船都不大，这和郑和的船队相比，真是小巫见大巫。"先生回答。

"郑和下西洋取得什么效果呢？"小山问道。

"郑和七下西洋，打通了从中国到东非的航路，把亚、非的广大海域联成一片，这是地理大发现之前人类航海史上最伟大的成就。"先生回答。

"郑和下西洋就没有杀伐吗？"小山问道。

"郑和下西洋是和平进行的，没有征讨和杀伐，即使有征讨和杀伐则完全出于自卫。如旧港王陈祖义是华侨，经常劫掠过往船只，又谋劫郑和的船，郑和即擒陈祖义携归，陈祖义伏诛。又如郑和至锡兰山，国王亚烈苦奈儿发兵前来劫船，郑和即生擒亚烈苦奈儿国王携至北京，明成祖又放其归国。"先生回答。

"郑和与当地人做生意吗？"小山问道。

"郑和的船队在所到之地，首先向国王、头人等，宣读皇帝诏书，赏赐大量物品，然后开展贸易活动，甚至派小船去偏僻处贸易。如在古里，按当地习惯交易，货物议价以拍掌为定，以后价的贵贱，再不改悔。又在祖法儿（在阿拉伯半岛南岸），其国王遣头目遍谕国人，皆以乳香、苏合油之类来交换丝绸、瓷器等物。

郑和的船队总是满载货物往返，主要以中国的手工业品换取各国的土特产品，载出的手工业品有丝绸、瓷器、铁器、铜线等，载归的土特产有奇货重宝及珍禽异兽等，如珍珠、珊瑚、宝石、香料、麒麟（长颈鹿）、狮子、鸵鸟之类。"先生回答。

"郑和的船为什么叫宝船？"小山又问。

"对！因为所载的都是珠宝财货，价值连城，所以郑和的船被称为'宝船'。"先生回答。

"郑和也打开了民间经济与文化交流的通道？"小山问道。

"对。自郑和下西洋后，中国沿海渔民和商人到南洋去的人数日益增长，把中国进步的生产技术和手工业品带到南洋各地，对南洋的开发起了巨大作用。随从郑和航行的马欢著有《瀛涯胜览》，费信著有《星槎胜览》，巩珍著有《西洋番国志》，记载了所经各国的情况，丰富了中国人的海外地理知识。郑和下西洋时绘有航海图，原名《自宝船厂开船从龙江关出水直抵外国诸番图》（见明茅之仪《武备志》卷240），一般简称为《郑和航海图》。此图蜚声中外，其中虽有一些错误，但至今仍有重要价值。"

"现在美国、西欧、日本说我们在侵犯他们的知识产权，我妈妈的工厂最近收到来自欧洲的罚单。"小山说道。

"这件事他们有他们的立场，我们有我们的想法。我们的贸易代表说，你们家的古董，有多少是来自圆明园，那是你们抢我们家的，那这件事就得从长计议。他们说我们在研究眼前事。我们则说，先解决历史的欠账。我们就生活在历史与现实之中。总之，一切会得到解决的。但不要忘记，前有哥伦布和麦哲伦开辟新世界，现在轮到我们中国人干了。要干出一片新天地，不能再受他们欺负了！"老师回答，小山却陷入了沉思。

"小山，你将来还想去欧洲留学吗？"先生关心地问。

"我的学霸妈妈想让我去欧洲留学，我的厨神爸爸想让我去美国留学。"小山望望逸洲先生，卖了一个关子说，"我哪里也不想去，只想留下来继续听先生您讲伦文叙的故事！讲更多的故事！"

"擦鞋仔！"逸洲先生开心地摸着小山的头说，"但我喜欢听！至于更多的故事，应该由你自己去阅读，我只是开了个头。如果你能像伦文叙一样专心学习，你将来的成就不小于伦文叙。"

"真的吗？"小山问道。

"是真的！"先生答曰。

"先生喜欢学习吗？"小山问道。

"喜欢！不单喜欢，我还养成了刻苦学习和终身学习的习惯！我还养成了实地走访考察的习惯，否则我是不能与你讲伦文叙的。我的外公只给我讲了前一篇，就是粤剧戏文中的那一些；我现在还给你讲了后一篇，世界那么大，我们要去看一看！还得系统思考和独立思考！"先生回答。

"终身学习？系统思考？独立思考？"小山问道。

"是呀，没有终身学习，不足以产生大量的积累；没有系统思考，就会抱残守缺；没有独立思考，你笔记里的东西就只能是别人的经验。即使像伦文叙一样聪明，如果停止了学习，就会落后于世界，就会落后于时代！不单是你要学习，你的爸爸妈妈也要学习！不单是你现在要学习，你将来老了还要学习！"先生回答。

"我要学习，学霸也要学习！大厨也要学习！都要终身学习！"小山自言自语道。

鸣　谢

　　在本书的编写出版过程中，如下人员提供了大量帮助：我的太太吴有莲女士提供了六幅仿明末清初古画的插图；冯福禄先生题写了封底的伦文叙"潜心奋志"诗的书法作品。在初期打字过程中，劳朝晖先生进行了图片编辑，李玉瑶小姐进行初期排版。另外，还特别征求了以下诸位的意见：我的恩师马淑莲，我的妹妹欧锦莲，以及陈永解、肖康生、招权根、林慧娟、郑凤标、罗守源、宋文君、王忠、李锐锋、吴嘉文、陈宝玉、姚晓波、余小丹、王术嘉等。特此鸣谢！

欧锦强

2023年11月11日

明代奇才状元
的
传奇人生

扫码领略

紀 奇 插 图
手绘大图！随时随地在线浏览。

科举趣事
考场趣闻，发现不一样的科举。

状元趣话
深层好文，了解更多状元事迹。

科举文化
精品课程，深入理解科举文化。